LES DERNIERS COW-BOYS FRANÇAIS

Du même auteur

- **Romans, micro-roman et nouvelles :**

Seconde Chance – Editions La Matière Noire puis BOD – 2013/2016

Chronique de la mort au bout – CreateSpace - 2015

DATACENTER – Editions du Pont de l'Europe (version papier) et BOD (version numérique) - 2017

Je, Gosse de Nouzonville – Editions du Pont de l'Europe (version papier) et BOD (version numérique) - 2020

Dracula fille de joie – BOD - 2022

- **Biographies :**

Manu Chao, le clandestino – Editions Pimientos - 2009

Noir Désir, Post-Mortem – Editions Camion Blanc - 2019

- **Collaborations :**

Ablation de mon prépuce mentale. Avec Insolo Veritas. – BOD – 2021

Douleurs Fantômes. Avec Dystophotographie – BOD - 2022

Léonel Houssam

LES DERNIERS COW-BOYS FRANÇAIS

Couverture : ©Dysto-Photographie

Édition : BoD – Books on Demand,

12/14 rond-point des Champs-Élysées, 75008 Paris

Impression : BoD - Books on Demand, Norderstedt, Allemagne

ISBN : 9782322409037

Dépôt légal : Décembre 2021

Les voici maintenant au monde : un monde dont ils sont les maîtres. Et ce monde, eh bien, non, n'est pas heureux pour ceux, bien qu'ils le voient d'un œil plein d'un humble enjouement : leur jeunesse ne revêt pas grand-chose de plus que leur tête blonde, la force intérieure, le feu de la pudeur, au long des rues immenses, des immenses immeubles, jetés sur le vide de la cité puissante et sans forme qui accueille leur vie nouvelle. Mais religieuse est l'ardeur qui emplit, jusqu'à l'aveuglement, en leur regard hardi, tout comme pour s'offrir, ou bien pour témoigner, leur âme amicale, et qui tremble.

Extrait de La Religion de notre temps (La Religione del mio tempo), Pier Paolo Pasolini, 1959.

PRÉMICES

L'écoumène sature d'hommes voraces. Ils gesticulent beaucoup pour produire, se reproduire et s'imposer comme la seule puissance organique terrestre. Les Occidentaux sont victimes d'une gemmiparité redoutable permettant la confusion entre les individus, leurs messages contendants, parfois, ou leur passivité à toute épreuve. En fait, les destins obscurs se croisent. Plus le monde est marché, et plus le quidam devient lycose, terré dans un immeuble immonde au loyer excessif et aux fuites de robinetterie ingérables. Les enfants. Peut-être les enfants ne sont-ils finalement plus que des êtres spumescents (jolie écume, écume grise pourquoi pas, que l'on voit s'accumuler sur les plages en hiver) ou même d'affreux aspergillus. Leur sort ne dépend plus de leurs parents trop infantilisés par le scintillant des vitrines. Ils sont livrés à eux-mêmes. Livrés comme des bêtes au temple des sans/dalle. Ils sont simplement les gonades de l'avenir, les glandes reproductrices assurant une pérennité évidente à un capitalisme rageur, crevard, affamé de non-sens, de destruction massive enjolivée.

Le précipice devient l'horizon.

La chute, c'est l'héboïdophrénie...

Chaque époque a livré son lot de malheurs aux hommes. Chaque période de rupture génère ses tonnes/décès, ses vagues de massacres et de dépit.

L'acier du canon est froid. La perte de repère, la certitude de nager, compressé à l'excès, dans l'abysse contemporain... Le pantalon sale. Le pull imbibé. Le corps de celui qui n'a pas su s'intégrer à la folie collective est couvert de miasmes. Hébété, il regarde l'autre, ne le perçoit pas vrai-ment comme un être vivant. Il reçoit son visage affable. Il sait l'obstination du bonhomme à être « bon », peut-être généreux... Mais il sait qu'il ne sert à rien, à personne. Personne ne sert à personne. Dieu est mort. La mort est le seul dieu servant l'angoisse du vivant. L'acier du canon est impeccablement froid. Ces paltoquets gisant sanglants sur le parquet lui font penser à une fosse commune.

L'acier du canon est froid. Ils en donnaient des leçons. Ils en donnaient sans cesse. « Il ne faut pas faire ci, il ne faut pas penser comme ça. Tu réfléchis trop. Sois plus spontané. Laisse-toi vivre. Te prends pas la tête. » Il apprécie le goût particulier de l'acier du canon. Il fait partie, qu'on le veuille ou non, de ces êtres qui portent la douleur du monde sur leur dos, sans jamais agir. Sa longanimité passée n'a d'égale que son inflexion actuelle. L'acier du canon est glace. Sa langue gesticule contre.

Fin de cette logomachie, place au récit/fiel.

I
L'EAU C'EST ELLE, ET MOI C'EST L'EAU

ELLE S'EST BARRÉE DEPUIS UNE SEMAINE

Mes pensées/gangrènes se juxtaposent aux envies de sexe en toute liberté. La désolation. Les trahisons. Mettre des mots les uns derrière les autres. Ma tête est capharnaüm. Naturellement la flasque est vide et empeste. Ces «dosettes» de cognac sont infectes.

Dans sa Touraine natale si sereine, elle s'est planquée, comme une chienne qu'elle est, avec mon gosse. Ma vie. Mes meubles.

Tout. Tout ce fatras et ces vides vertigineux, c'est mon chez-moi de trentenaire célibataire. Fraîchement célibataire... Les scenarii actuels des pires navets télévisés ne proposent plus ces histoires grotesques : la pétasse se casse avec tout le bordel du ménage parce que son connard de Jules la gonflait avec ses « chui qu'une merde ».

Balbutiements de la mémoire. Avant que mes nerfs ne se déchirent, j'ai pris une journée de récupération pour zoner sur mon matelas, mes draps froissés et mon oreiller jauni par mon cuir chevelu. Qui ne l'aurait pas fait ? Je sors d'un jour et j'entre dans une longue nuit. Je crois. Le fait que chacune de mes réflexions soit emplie de « je », de « moi » et de « moi-même » indique que, cette fois, je suis en phase de sortie de l'en-monde.

Tout me préoccupe. L'angoisse monte rapidement dès qu'il me faut prendre la moindre décision...

Justine s'était approchée de moi, le regard en velours, l'amour, les mains manucurées, les vêtements de dame sexy et une voix un peu rauque. À 21 ans, elle avait la voix d'une vieille fumeuse. Et c'est aussi sans doute ça qui me fit craquer, alors. Ses cheveux noirs très longs tombaient en cascade jusqu'à la cambrure ultime, le dessin/toboggan de ses fesses rondes. Les souvenirs sont intacts.

Très clairement, et très honnêtement, j'ai certainement les souvenirs de photos d'elle. Pas des images en mouvement de son corps, ses mimiques. Simplement le souvenir de sa gueule figée sur les photos : « Avec maman », « À la plage avec Franck », « Ça c'était dans les Landes, qu'est-ce qu'on s'est marrés », « Là c'était un délire à la piscine municipale avec Martine et Lucie, tu sais les copines de celui qu'on appelle d'Artagnan parce qu'il… », « Là on venait de s'engueuler et on s'était réconciliés au supermarché dans le rayon charcuterie », « Ah tiens, le mec là, c'est celui qui a essayé de se taper Justine », « Ouais Berlin c'est une super ville, sauf qu'il faisait - 12 ° et que j'avais un manteau de merde »… Des souvenirs en tonnes. L'encombrement inutile de ma boîte crânienne. Il y a peu, on avait « investi » dans un appareil photo numérique Canon. Le nec plus ultra de l'appareil aux millions de pixels, à la mise au point facile, et tout le tralala dans la gamme de prix 400-700 euros.

Avant ça, nous avions un argentique avec lequel nous photographions les moments ensemble, les instants magiques, les phases clés de notre vie de couple. Putain… ça pue. J'y pense que ça pue. Pour ne pas se planter, Justine et moi avions acheté des magazines de consommateurs, ces nouveaux supports d'information essentiels pour vivre correctement notre existence urbaine/classe/
moyenne/on/ne/sait/plus/où/mettre/de/la/tête/dans/les/rayons.

Avec le numérique, l'ordinateur, les logiciels de retouche d'images et l'ensemble de l'arsenal des technologies nouvelles/ la/révolution, on est passé au stade : « Je prends tout en photo, je manipule l'image et je chie des œuvres d'art intimistes/autobio de qualité supérieure. » À mourir de rire. Les soirées entre amis devenaient, dès lors, des sortes de vernissages pitoyables. « Tu reprendras un petit four ? Tiens il en reste un au saumon fumé... Ah oui, ça, cette photo de Justine, je l'ai faite près du lac Léman. On a l'impression qu'elle est dans le vaisseau "Enterprise" parce que j'ai fait un montage avec Photoshop. » Putain... L'ère du tout numérique après l'ère quaternaire... Putain... Comment ai-je pu croire que j'étais un artiste ? Comment l'ensemble des « tout-numérique » s'imagine-t-il être dans la sphère de la création ? On a fait un blog, phlog pour stocker nos photos et écrire des textes pseudo-spirituels d'accompagnement pour agrémenter nos « créations ». Le monde du tout-numérique, ce sont des millions de gens qui s'imaginent devenir des grands artistes, chroniqueurs, etc.

Putain... Justine créa aussi nos Tumblr, Facebook, YouTube et Dailymotion sur lesquels nous stockions des films pourris qui la montraient se dévoilant à moitié. Une bretelle de soutien-gorge, la naissance de la raie de ses fesses. Cela provoquait des milliers de connexions chaque jour. Ça craignait vraiment.

Nous ne nous sommes pas rencontrées sur les bancs de la fac, dans une boîte de nuit ou dans une soirée entre amis... Nous nous sommes rencontrés sur un bateau-mouche... Un bateau-mouche avec des têtes de Japonais et d'Allemands bavant sur Notre-Dame de Paris... J'étais guide, à l'époque, et elle était photographe indépendante. « Un p'tit sourire connasse de Japonaise ? » Et l'autre de grimacer de joie devant l'objectif. « Paris est très beau. » Ah l'accent japonais ! L'effort minimum d'une civilisation martienne.

Je me jette du lit et vais dégueuler direct dans le lavabo. Putain, plus rien. Plus de meubles nulle part. Il ne me reste qu'un gel douche presque vide, une brosse à dents, pas de dentifrice et un savon blanc craquelé (pensée de famine éthiopienne des années 1980 et les têtes de We are the world, we are the children).

Mon vomi est consistant : un mélange de bière, de whisky, de cannabis, d'anxiolytiques et de choucroute en boîte. Malgré mon apathie, j'ai une pêche terrible pour vider mon estomac. Ça n'en finit pas et ça pue. Les souvenirs sont là-dedans, dans cette bouillie stomacale blanche et mousseuse… Après l'apepsie provoquée par le choc de la rupture, c'est la gastro qui se charge de me décharger.

Et par-dessus tout, mes yeux sont cramés par une dacryadénite (diagnostique du médecin il y a une quinzaine de jours, lors d'une consultation qui devait résoudre mon problème de boulimie sexuelle : fantasmes persistants et récurrents. Incidence lourde sur mon corps lorsque je croisais une fille dans la rue…). Énucléation de la partie peace de mon esprit.

En me relevant, je vois ma gueule dans le miroir, qu'elle a tout de même daigné me laisser. Un miroir mal fixé par mes soins dans le mur/plâtre/ça/sonne/creux/alors/c'est/facile/de/percer.   Le bricolage n'a jamais été mon fort. C'est haletant cette succession de pensées de toute sorte, en bordel.

En bon nombriliste dépressif occidental que je suis, j'explore méticuleusement mon visage : les rides, les ridules, les joues, les poils en haut des joues – si je les coupe, ça risque de repousser plus dru encore –, le teint jaune de la peau, le rouge du blanc des yeux, les pupilles noires bien dilatées, les petits vaisseaux éclatés totalement effrayants lorsqu'on les regarde de près, la calvitie naissante, les points noirs sur le nez/les/percer/c'est/facile/ça/sonne/ creux, les boutons sous-cutanés qui font un mal de chien, la bouche pâteuse, la langue chargée blanche/verte. Il n'existe plus que mon image, le dessin de mon visage, les coups de pelle du temps sur mes traits. J'ai le temps. Ne travaille ni aux champs ni à l'usine. J'ai tout mon temps pour me regarder me décomposer. Le souvenir du bonheur dans la défonce.

Dans mon monde du trop-consommé, je suis totalement paniqué par le vide et le manque. C'est un aujourd'hui où je suis. Un aujourd'hui qui n'accepte pas le mot durable, qui fait la part belle aux réseaux, aux communautés, aux groupements provisoires par affinité. Un aujourd'hui où je n'ai plus ma place. Comme des millions/milliards d'autres. Un maintenant qui signifie perdu. Complètement perdu. Où le danger est fantasmé, rarement vécu. Où l'on ne ressent plus vraiment le temps. Une longue litanie, une chaîne de lamentables complaintes... La tristesse de celui qui ne souffre ni de la soif, ni de la faim, ni de la chaleur, ni du froid, ni de la privation d'expression, de mouvement, de revendication, d'opposition... Même si ça ne sert strictement à rien. Tout est anormal. Il n'existe que des rituels que l'on s'invente. On est seul. Réellement. Tous les paramètres de mon existence sont caractérisés par l'anormalité. Mon boulot, mon couple...

Demain, je retournerai sans doute au boulot avec 3 ou 4 kg en moins. Mon visage sera creusé et mes cheveux ébouriffés s'éparpilleront partout sur mes épaules, mon dos et mon torse. Les collègues s'étonneront de mon état sans m'en parler. Les collègues, c'est l'indigestion relationnelle de ce siècle, dans les pays les plus riches.

L'alcool, la fatigue, la dépression me contraignent à la pensée. Penser à tout. Réfléchir sur tout. Tout le temps. À tout instant.

Le collègue, le faux-cul, le cul-terreux, le mec qui te tient la jambe toute la journée, partout où tu seras sur ton lieu de travail.

Ton collègue et ses problèmes familiaux. Ton collègue et les ragots sur les supérieurs et sur les autres collègues. Ton collègue et son invitation éternelle : « Un de ces soirs, faudra qu'on aille s'boire un verre ensemble. J'connais un pub excellent où il y a plus de femmes que de mecs. Tu vois l'genre. » L'genre, je le vois comme ça, chaque jour. Cette distance intérieure avec ces personnes que je croise, avec qui je dois accomplir des missions. Le collègue qui n'en fait qu'à sa tête. Le collègue qui te fait comprendre que tout ce que tu pensais sur le travail, c'était faux, complètement faux.

Je vomis encore. Les maux, les migraines et l'impression que les veines de mon front vont péter comme des tuyaux d'eau chaude bouchés. Je fais du style dans mes pensées en me vidant.

Justine était très belle, très brune, mais étrange. Elle ne plaisait pas aux mecs parce qu'elle avait plus de charme que de beauté. Dire ce genre de choses, c'est un peu se faire rire seul. Même si elle portait une jupe courte, ça ne faisait jamais pute ou salope.

(C'est la même chose peut-être. Sûrement. Mon état d'esprit m'oblige à penser que c'est pareil.) Son truc, c'était l'intelligence dans le regard. (Des conneries monumentales comme ça, j'en ai des tonnes à revendre, à refourguer, à mettre en boîte et à exporter.)

Et ça, même s'ils se défendent du contraire, la plupart des mecs n'aiment pas ça.

J'ai fini de cracher les dernières gouttes de bile récalcitrantes. Ils n'aiment pas ça parce ce qu'ils préfèrent avant tout, avec les femmes, c'est bander, ressentir ce chatouillement extraordinaire dans le bide qui rend fou, même le plus évolué des hommes/ primates. Un mec dévoré par le désir à la vue des vulgarités d'une bimbo est un personnage incroyablement drôle.

Le parquet. Une écharde dans le pied en courant. La chute en avant. Le retour sur le matelas fumant…

« Philosopher ». C'est bidon. La fenêtre de ma chambre donne sur une cour intérieure très sombre, sordide.

Justine est devenue une salope un peu plus tard. « J'ai besoin de savoir qui je suis. Il faut que je vole de mes propres ailes pour pouvoir savoir qui je suis vraiment. C'est – la voix rauque, pas oublier la voix rauque avec de l'arrogance dedans – important pour moi tu sais ? Ce n'est pas que je ne t'aime pas, mais tu es mon seul vrai premier mec, et je te trouve intelligent. Trop intelligent pour moi. Je ne te mérite pas. »

Peu importe, je crache l'amer sur le parquet qui entoure ma barque/lit comme un océan. Le film dans la tête.

C'est à ce moment-là que j'aurais dû tout laisser tomber. Ne pas tenter de la récupérer. Car à 20–25 ans, les femmes sont très romantiques. Elles y croient encore très fort et pensent que, si elles cessent d'y croire, le monde s'écroulera et leur bonheur ne sera plus qu'une idée vaine. Qui je suis pour penser des trucs pareils ?

Alors j'ai « coursé » Justine, dans tous les sens du barbarisme. Je lui ai couru après dans la rue où je l'ai saisie par le sac de voyage rempli. Et je l'ai poursuivie psychiquement avec mes « Pars pas ! »,

« Tu es tout pour moi ! », « Je te promets de te laisser faire ce que tu désireras ». Sur son visage, je lisais une forme d'inquiétude. Elle pressentait, sans doute, que, quel que soit son choix, tout était vain. Perdu d'avance. « Mais ne pars pas… » Elle est donc restée et s'est penchée sur son problème d'émancipation personnelle.

Pour ma part, c'est à ce moment-là que j'étais en pleine préparation du concours pour entrer dans la police… Parallèlement, je commençais à écrire dans des fanzines, puis magazines de musique. La logique s'intègre mal au récit de ma vie. La plupart des histoires, qu'il s'agisse de fiction ou de biographie, se tiennent, sont construites, spectaculairement attirantes par leur unité. La mienne est plus haletante, harassante, qu'unitaire. La table basse, c'est le cumul des petites choses du quotidien. Un programme/télé (Justine a fait tous les Sudoku), un coupe-ongles, un stylo bouffé, un crayon à papier non rongé sans mine, une facture EDF chiffonnée (c'est de la « nouvelle scène de la chanson française » mon fil de pensées). La table basse, c'est un carton. Il flotte sur l'océan-parquet. Je ne vois pas bien l'horizon qui se confond dans le mur blanc, le ciel imaginaire de mon salon.

Nous ne vivions pas ensemble. Elle se donnait à fond dans son métier de photographe et couchait parcimonieusement avec des types d'un soir ou d'une semaine. Et m'en parlait… Et m'expliquait sa façon de les sucer, les positions qu'ils préféraient pour la prendre… Bref, sa façon à elle de s'émanciper et de savoir qui elle était vraiment. (Ça, c'est beaucoup plus fin de siècle français, avec une femme qui virevolte sexuellement et qui rêve d'un seul homme. Écrivaine française moderne. « J'en n'ai rien à foutre. J'baise comme j'veux, mais au fond j'ai envie de m'suicider avec les hommes qui n'en sont plus. » Cumul infini de non-sens.)

En petit chien obéissant à la virilité lacunaire, j'ai accepté, supporté et relativisé ses aventures pour la garder, pour moi. « En sentiments et en amour, tu es le seul. » Ce qui, très sincèrement, me rassurait fort. Pour me venger de cette situation, je songeais souvent à aller « pécho » ailleurs. Seulement, sur le marché du mec moderne, je ne valais pas un clou. Avec ça, les filles d'un soir étaient très souvent le même type de femelle que ma Justine.

Imbues. Imbibées. Et « badineuses » du cul.

Cette situation était tellement difficile à vivre que, déjà à l'époque, j'ai commencé à vomir pour tout et pour rien. En anorexique du bonheur, je me vidais volontiers des pensées/ plaisirs qui me submergeaient en « me dégueulant ».

Ça n'est que le jour où elle me vit faire ça, pour la dixième ou onzième fois, que je lui avouais que je ne supportais plus son comportement et que ça n'était pas lié à la bouffe avariée qu'on nous vendait dans les fast-foods/mal/bouffe/ils/disent.

Sa bouche s'est ouverte et sa voix/vent/chaud/comme/ le/sirocco/plein/de/sable a lancé : « Mais pourquoi te mets-tu dans un état pareil ? » Mon sang n'a fait qu'un tour et je me suis giflé avec une violence telle que je m'en suis décroché la mâchoire. Mon corps se battait seul. Une auto-baston. Et des vrais coups de poing.

Je passais le premier écrit de mon concours le lendemain. Au lieu de travailler les derniers détails, j'étais aux urgences avec

Justine en larmes. « Je ne pensais pas que ça te faisait si mal.

Pourquoi ne m'en as-tu pas parlé plus tôt ? » Son seuil d'intelligence a commencé à dégringoler à ce moment-là.

Et moi : « Tu vois pas que je souffre le martyr ? Tu ne veux pas arrêter de me faire chier avec ta fausse naïveté ? »

Dans la salle des urgences, nous étions entassés. Il y avait une télé qui diffusait des images d'attentats, de meurtres et d'opérations chirurgicales. Justine pleurait intensément, au point de faire des gargouillis suspects avec sa bouche. Ça me gênait. Les patients présents souffraient de maux et de blessures plutôt classiques, alors que j'avais des bleus, coquards, blessures diverses que je m'étais infligés seul, comme un grand. « Arrête de pleurer… C'est la honte ! » Je le chuchotai tellement fort que tout le monde se retourna vers moi. « Voilà ! Merde maint'nant, je suis humilié. »

Le sens des proportions.

Ma fermeté avait provisoirement remis les choses dans un ordre qui me convenait. Nous avons emménagé ensemble dans le 18e arrondissement, où j'avais obtenu mon poste. Nous nous sommes mariés trois ans plus tard. Et nous avons eu le bébé en avril dernier. Putain le raccourci. J'imagine tout ce que nous gagnerions à ne pas vivre des phases entières de nos vies. Améliorer la productivité de l'existence.

Elle ne m'a pas laissé le frigo. Les déménageurs ont presque tout embarqué.

Mon fleuve de délices. Les murs. Il y a les plinthes. En reniflant les plinthes en bois, je pense à la promenade en forêt. Je ne dis pas que je suis fou.

EN DESCENDANT DANS LA RUE, JE RÉALISE QUE JE NAGE DANS MON FROC

Épicier chinois ou thaïlandais ou vietnamien, je ne sais pas vraiment, ne faisant pas la distinction entre tout ce petit monde de restaurateurs consciencieux. Cette bouffe s'avale sans mal et n'est pas très coûteuse. Des reportages à la télé, sur TF1, France 2, comme d'hab., ont insisté sur le fait que la plupart des aliments proposés là étaient, ou avariés, ou malmenés dans la chaîne du froid. C'est amusant… parce que toutes les autres formes de restauration souffrent du même mal : pizzerias, restos français, fast-foods, etc. Toutes sont confrontées à la même logique totalement occultée, oubliée par nos peuples/couilles/molles/acculturés : les matières organiques se décomposent… ainsi que les corps morts de papa, maman, tonton, tata et de Félix le berger allemand…

Avec des pensées de la sorte, je me demande encore pourquoi j'ai perpétuellement la nausée...

Depuis ce matin, c'est un peu comme si mon esprit s'était éveillé avec la migraine. Je ressasse certes, mais je pense aussi de façon tordue... Tout le monde se gave de littérature cynique, de films au ton cynique, et tout le monde s'en plaint. « On vit dans la société dirigée par la pensée des déclinologues. » Blurp. Renvoi inopiné. En définitive, cette façon si particulière que nous avons de voir tout en noir, tout en pessimisme – sauf après absorption d'alcool ou de drogues géniales – n'est pas liée à notre statut d'Occidentaux stressés, consommateurs et matérialistes... Elle est liée à la nature de l'homme et son angoisse face à la mort. « Putain je gère pas ! Putain je suis pas éternel. » Et la télé de nous rappeler que les héros pleurent mais qu'ils ne craignent pas de disparaître. Et la télé de me prouver que tout va bien. Même en Papouasie, les indigènes râlent et ne sont jamais contents... Je l'ai vu à la télé alors c'est... vrai ?

Je me fais chier moi-même. Je me fais chier tout seul. Mes pensées, mes réflexions du niveau de celles de BHL, Brukner ou Sorman m'emmerdent. Je m'emmerde. Je l'emmerde.

J'avale le nem dégoulinant d'huile et de nuoc-mâm.

Je l'absorbe. C'est de l'anthropophagie de manger chinois. C'est un peu ça. En regardant Le Droit de Savoir sur TF1 ou d'autres émissions pseudo-informatives très ségrégationnistes (une grosse partie de la classe politique actuelle conforte le communautarisme et l'instrumentalise dans le seul but de séparer définitivement les communautés, comme aux États-Unis et en Angleterre, for exemple, j'fais passer des idées au milieu de ma longue complainte égocentrique), on nous apprend que ces drôles de Chinois bouffent du chien. Pire, qu'ils l'importent chez nous et l'introduisent dans leurs plats… En y réfléchissant, ici, le chien est le meilleur ami de l'homme… Il est même, pour une grosse majorité, l'ami, mais aussi le bébé, l'enfant de la famille… Il est un Homme à part entière…

Je suis tordu. J'ai les pensées tordues. Mais ce sont les bonnes… Un raccourci donc : certains Chinois (ou Vietnamiens ou

Cambodgiens, peu importe c'est pareil tout ça, c'est si sale… le cynisme encore) introduisent du chien dans leurs plats… Du chien pourri… souvent… Ils nous font donc manger des assimilés-congénères… Les Chinois sont d'ignobles anthropophages.

JUSTINE NE SOURIAIT PAS BEAUCOUP

Au commencement de notre relation, j'étais terriblement excité par sa bouche et sa poitrine. Alors je m'en occupais sans fin. Des heures. À lui gercer les lèvres. À lui rougir durablement la peau des seins. Ça l'affolait, mais elle n'osait pas dire que j'étais un piètre baiseur, un caresseur fanatique à la lisière de l'égoïsme sexuel le plus radical. Pendant des mois, elle joua le jeu. Elle acceptait, sans rechigner, mes assauts sensuels.

Pourquoi je ne parlerais pas de cul puisque je ne pense qu'à ça… ?

Elle m'a laissé l'ordinateur et la petite télé. Me plonge dans la télé. Je mute en regardant la télévision. C'est génial. C'est un calmant. C'est un aspirateur de pensées noires… Mais là, définitivement, je déborde de tristesse. Rigoureusement déprimé. Alors je bois des canettes de bière tiède. Je décapsule avec mon briquet. Et je m'enivre. Quelle banalité !

Seulement midi... Levé depuis 6 h 30, par habitude.

Quand elle eut fini de parler durant des heures de son insatisfaction sexuelle à ses meilleures amies, Justine a fini par vouloir goûter des sexes ailleurs. Le commencement du pathétique de ma vie.

Après être parvenu à la re-courtiser, j'ai mis aux oubliettes cette dignité si importante que je mettais en avant depuis l'adolescence.

C'est mon père, ce commissaire héroïque et humain qui m'avait transmis les bons principes : « Être toujours propre sur soi. Rester poli quoi qu'il arrive. Être très compréhensif et ne jamais plier l'échine. » Bravo ! C'était une grande réussite.

Mon boulot de jeune flic stagiaire bouffait pas mal de mon temps. En plus de la fatigue de journées à rallonge (mon tuteur abusait pleinement de ma bonne volonté de néophyte), je cumulais du stress. La peur. Je me découvrais tout simplement trouillard invétéré, figé devant les petites frappes que nous devions contrôler. Même si je n'étais pas le seul dans ce cas-là – loin de là –, j'étais tout de même le champion, dans cette catégorie. De plus, être flic révèle la face bien cachée de ce métier, qui laisse pantois. Le fanatisme de certains, le racisme bien sûr, mais aussi la corruption, le harcèlement, l'autoritarisme... Vous croyez défendre les honnêtes citoyens. Vous pensez défendre la paix civile. Mais en fait, vous participez au plus gros hold-up social, moral et économique de l'État (et ses manipulateurs/dirigeants) sur lesdits citoyens. Aussi infâme que ça puisse paraître, le métier de flic est de dégueulasser le plus d'existences possibles, de déployer une animalité sauvage pure au sein de la société, afin de contrer sa capacité à s'élever… Casser de la racaille, dépouiller du pédophile, caillasser du gauchiste, maltraiter du sans-papier, chahuter du gamin, baiser de la prostituée gratuitement (« à condition d'éviter les associations de défense de la pute » me rappelait souvent Marc), vider des caisses, dépouiller des drogués, insulter des clochards, etc.

Mon père avait tu tout ça. Il rentrait assez tard du travail, il s'impliquait dans son boulot. C'était, pour moi, un commissaire intègre, charismatique et lumineux. Oui… Son visage carré avait l'air paisible. La bête au repos devant un match de foot, une bonne bière bien fraîche en main. L'édifice de ma vie s'effritait. La police/la connasse m'accueillait à bras ouverts pour faire la basse besogne. Mes supérieurs sympathisaient avec des politicards, des citoyens/balances pleins d'argent, des racailles en cols blancs… Je n'invente pas… Seulement, c'est un peu plus diffus et confus que ça. Ça n'est pas tous les jours. Ça n'est pas au vu et au su des jeunes flics comme moi. Il faut du temps pour entrer « dans le cercle de la violence ». Il faut montrer patte blanche, prouver que l'on peut faire partie du clan. « On est les vrais. Sans nous, tout serait déjà détruit. »

Pourquoi ne pas avoir quitté les rangs de la police ? Le confort.

L'argent. La garantie de l'emploi à vie. La lâcheté. Et la possibilité de se défouler férocement, certains jours, sur des bâtards… Malgré la déontologie, les belles idées sur le boulot, on ne peut résister longtemps à l'esprit de corps. On entre peu à peu dans le système. On accepte. On se donne de belles raisons de faire ce travail. On essaie de ne pas voir les crimes perpétrés par les collègues, à longueur d'année.

Just try to stay positive...

En rentrant le soir, je sentais mon corps fébrile céder sous le poids de la trouille. À la maison, je cherchais le réconfort de Justine qui, généralement, avait d'autres chats à fouetter. Son boulot de photographe indépendante (pour touristes) et tous ces mecs dont elle tombait éperdument amoureuse pour quelques jours... « Ne t'inquiète pas mon amour, c'est toi le numéro un. Cette histoire ne fait que servir ma construction intérieure. » Et moi vomissant en cascade quelques minutes plus tard.

Ajouter du dépit à la faillibilité. Je ne savais pas si j'étais sur la bonne voie, mais je ne réussissais pas à sortir ma tête de mon âme/anus.

Le soir, sur le canapé, elle s'asseyait, les jambes pliées et me racontait, comme à une copine bien sympathique, cette façon particulière qu'elle avait de sucer toutes sortes de bites. « Vous les mecs, vous avez vraiment des queues super différentes. C'est surtout ça qui me fait plaisir... J'espère que je ne te choque pas en disant ça. » Un peu. Beaucoup. Mais je ne disais rien parce que désabusé, décontenancé par cette facilité qu'elle avait à me parler comme si j'étais une de ses salopes de « copines ». Ces gonzesses malades/Barbie, ces femmes aux rêves étroits : fringues, prince charmant et déco de maison... J'appréciais ça.

Mais le château de mes sentiments s'écroule à partir de là. Justine parlait de cul avec voracité, et ça ne ressemblait en rien à celle que j'avais connue. Elle parlait en partie comme ça parce qu'elle baignait – déjà à l'époque – dans une société mixte de l'exploit sexuel. La baise partagée. La copulation libératoire et thérapeutique.

Il m'arrivait de bander lorsqu'elle racontait ses trucs. Ces détails croustillants sur ce qu'elle portait (jamais elle n'avait fait ce type d'efforts avec moi), les positions qu'elle aimait, les lieux qu'elle décrivait.

Un soir, j'ai sorti ma queue et j'ai commencé à me masturber lentement. Dès qu'elle s'en est aperçue, la colère l'a saisie: «T'es vraiment dégueulasse! C'est super malsain de faire ça! Je te préviens que je ne suis pas de ces femmes qui acceptent l'échangisme!». Ça n'avait rien à voir. C'était mécanique. Je lui expliquai sans qu'elle y comprenne quoi que ce soit. Je n'étais que sa merde. Sa chose. Elle se comportait comme une truie avec moi et moi, je ne disais rien. Black-out sur la dignité personnelle.

Au fil des mois, et malgré une enfance et une adolescence réussies, je tombais, peu à peu.

J'étais passé d'idéaliste non convaincu à dépressif cynique pré-suicidaire.

ELLE, C'EST MOI. MOI, C'EST ELLE. ET ELLE, C'EST L'EAU

Pendant des périodes allant de quelques jours à trois ou quatre semaines, elle focalisait de nouveau sur son travail et son « petit homme », à savoir moi, le petit chien merdique.

Alors elle me courtisait de nouveau, sans pour autant se donner la peine d'ajouter des coquetteries dont elle ne se privait pas avec ses amants. Elle ne s'habillait pas spécialement sexy. Elle se contentait du missionnaire ou d'une levrette, au mieux, pour les jours les plus radieux. En plus de ça, coucher avec elle me dégoûtait. Mon esprit était inondé des images de types léchant sa peau à l'endroit où ma langue ou mes doigts gesticulaient sensuellement.

À vomir encore. Justine me dégoûtait profondément. Simplement, je ne sortais pas de la logique du chien merdique qui accomplit ce qui lui répugne le plus.

Enfiler cette salope, c'était comme ravaler un mollard en réunion : rapidement, discrètement, sans faire de moue de dégoût.

C'est insidieusement que, périodiquement, j'ai commencé à ressentir le besoin incroyable de me travestir, un peu. Ça a commencé un soir où elle dormait chez un amant (un type style rocker/voyou du film Zombie). En regardant la télévision, j'ai senti les larmes couler sur mes joues. Des larmes de femme, un peu. Enfin, j'étais sûr que c'était des larmes de femme. Les miennes. Mes larmes de femme personnelle. Sans avoir trop bu, j'entrai dans un état second extraordinaire, à laminer toutes les certitudes. Mes larmes étaient plus encore que celles d'une femme quelconque. C'était les larmes de Justine, ma Justine qui pleurait en moi, à travers moi, parce qu'elle réalisait la douleur que je ressentais. Elle m'essuya les joues. Je reniflai et ravalai ses sécrétions nasales abondantes m'empêchant de respirer. Un peu. De plus en plus. Je me baffai encore. J'avais envie de vomir. Mon corps était le sien. Ses larmes, ses sécrétions, ses fluides corporels étaient les miens. Elle était l'eau en moi, sur moi. J'étais elle et elle était moi.

C'est pourquoi, quand elle était dans ses phases « amants », je me plongeais en elle, pour la récupérer, pour être à sa place. Parce que je devenais la Justine saine qu'elle n'était plus quand elle suçait, baisait avec tous ces connards.

Délicatement, j'enfilais ses jupes, ses chaussures, ses dessous. J'en rougissais. Je pensais à moi. Elle pensait à moi en se maquillant, en posant sensuellement, en me regardant amoureusement. Mon entrecuisse était le sien. Humide.

« Tu es un déviant sale dégueulasse ! » Elle rentra plus tôt, un soir, parce qu'elle avait laissé choir son amant du fait de son incapacité à la faire jouir (elle me le raconta plus tard évidemment). Elle était plantée dans le cadre de la porte d'entrée. Et j'étais elle. J'étais elle oui, un peu. Vraiment. Elle était devant comme le miroir. « Je suis toi Justine. Tu le sais qu'en ton absence, je suis toi. » Ça électrisait toute mon échine, ma croupe putain, de dire ça, de cette façon-là, à elle qui salissait sa bouche et son vagin. Elle que je remplaçais, que je permutais avec moi en moi. « Tes sécrétions sont à moi. Tu as cessé d'être une belle salope parce que je suis en train de te sauver. »

Elle quitta le domicile pendant une semaine sans que je sache où elle était allée. Elle avait fait ses valises rapidement, sans me parler. Elle m'arracha ses vêtements que je portais. Hum, c'était fort d'être arraché par elle.

Sans nouvelle d'elle, esseulé, sans vêtements, je suis allé faire les magasins de prêt-à-porter féminin, un après-midi. Une demi-journée de RTT.

J'étais la plus belle devant le miroir. Celui de la boutique Kookaï.

La vendeuse, jeune et pétasse, avait les yeux écarquillés et le « ça vous va très bien » timide. Afin de la rassurer, je lui indiquai que je préparais une soirée sur le thème « travesti » pour la fac de droit.

Elle se mit à rire et à jouer le jeu. Je ne jouais pas. J'étais ma dulcinée. J'étais son corps tout en chair et en humidité. Putain.

L'impasse. J'allais où ?

Chercher une issue. Me sens incapable de reprendre le boulot demain. Le boulot.

Justine est partie hier, dans la journée. L'appartement était vide. Sans me prévenir, elle a monté son départ de A à Z, en silence, en continuant à me sourire, à me parler. En me réconfortant aussi.

Même si les périodes de fusion (elle appelait ça « les crises de pédé ») s'atténuèrent un peu, je ne pouvais plus délaisser totalement sa part d'elle en moi.

Le coup de massue. Car en plus de son départ, les choses n'ont fait qu'empirer au boulot.

ON JUMPE !

Nous étions assis avec nos cheveux longs sur le bord de la route mouillée. Nos culs creusés par les galets abîmés malaxant nos raies. Et !!! On Jumpe ! On Saute ! On Saute ! On Saute ! On Saute ! On Saute ! On Saute ! Et on saute de bonheur avant de s'effondrer de nouveau sur le bord de la route trempée où la pluie/la rosée a perturbé les fibres de nos tissus...

L'alcool fait son effet. Il ne faut jamais résister à l'ivresse. Je me branle en regardant un film porno sur Internet et je m'habille pour sortir.

ON PATROUILLE

(Hier déjà – Unité de temps à titre indicatif)

En remontant rue Lepic. En dévorant un sandwich au pain mou, au pâté de campagne Hénaf. Une vision de travers des passants touristes que l'on croise. Un petit air bien amusant. Des gens qui se font tailler les dents comme des vampires. Pire, les putes qui se chopent sur le net en autocollant sur les lampadaires. Le nez qui coule et les chevilles douloureuses en remontant la rue Lepic. Les péquenots lookés Morgan, H&M ou Zara. Les vêtements constringuants. Les commerces ouverts tous les jours. Les Japonais en extase devant la vitrine d'un traiteur. Les cheveux en l'air pour faire beau. Les yeux braqués sur le trottoir pour éviter les merdes. Le clac des boules des joueurs de pétanque. Le plat des semelles sur l'arrondi des bosses. Ceux qui font semblant de parler l'espéranto avec des espadrilles horribles aux pieds ongles jaunes/longs par les trous/l'usure.

On patrouille. On se mouille peu dans ce quartier à touristes et

à bobos. Montmartre est la planque idéale pour un flicard sans courage. Les mecs comme moi font encore tremper quelques femmes… Je crois. Inopinément, je termine souvent mes nuits dans des lits/clic/clac d'anciennes étudiantes. Je fantasme… J'imagine que je fais toutes ces choses dégueulasses que je reluque chez les autres, dans les autres, dans les cellules du commissariat, dans ces chambres d'hôtel sans étoile/les putes, sur ces sites de vidéos/porno, etc. Que sais-je ?

Les Abbesses, Pigalle, Clichy sont des points de concentration de cette jeunesse multiple. Un assortiment d'étudiants bon teint parisiens et de touristes focalisés sur les monuments de toutes sortes. Nous rencontrons sans fin les mêmes petites frappes et last truands locaux. C'est de la rigolade.

Lorsque j'ai passé le concours, je vivais à Saint-Ouen-l'Aumône, dans ce putain de Val-d'Oise avec ses petites histoires/faits-divers et sans Histoire, dans un quartier nommé Chènevières mais que tous ses habitants appelaient encore « Les Brouillards ». Le nom, la définition même des grands ensembles/champignons prévus, au départ, pour accueillir les jeunes couples de travailleurs… avant le regroupement familial, le chômage, les délocalisations et les compressions affligeantes de budget dans le secteur social.

Généralement, les journalistes parlent de zones de non-droit, avec des ministres qui relaient ça avec ferveur. Depuis les années 1970, les plus pauvres ont investi les immeubles et l'État a cessé d'envoyer ses fonctionnaires de police, de préfecture, et les a remplacés par des travailleurs sociaux plus ou moins compétents.

Ma main tremble. La pluie frappe ma veste. Je sais que les petits fumeurs de shit se sont planqués dans la cour intérieure du n° 4.

Je me ratatine dans ma chemise, autant que possible, et demande leurs papiers. Marc, mon collègue, exulte, gratouille les pieds des murs en quête de boulettes. Inlassablement, il pince des petits morceaux noirs ou marron, et les porte à son nez. Le nez de Marc. Tout petit et pointu. Comme s'il se l'était fait refaire. C'est aussi pour ça que certains collègues l'appellent « Chirurgie ». Cependant, d'autres l'appellent « Chirurgien » parce qu'il opère à cœur ouvert, dans tous les sens du terme. Il est de ceux qui ont la fougue policière à l'ancienne, dans l'espace génito-urinaire de son corps long, grand en cure-dents.

Je le surnomme, pour ma part, le « boucher de Montmartre »… Les jeunes types ont des têtes de constipés plus que de conspirateurs. Mais, à leur charge, Marc se pointe avec une barrette de cannabis hyperodorante.

L'index droit sur le plus noir des quatre jeunes mecs. Marc indique à celui-ci qu'il va devoir le suivre dans l'arrière-boutique entrouverte d'un magasin de fringues bradées.

Ça me fait chier. Marc est totalement dans la « liberté de ton » en matière de traitement des délinquants. « Vous bougez pas les gars », je dis mollement. Ils regardent leur pote partir avec mon collègue. Ils entrent dans le noir de la pièce.

Le plus jeune a des origines maghrébines. Sa peau a l'air très douce. Tout à fait « léchable », oui, alléchante.

« Vous avez pas l'droit m'sieur.

– Pas le droit de quoi ? Je réponds du tac au tac, déjà prêt à contrer leurs attaques.

– De nous traiter comme ça.

– Traiter comment ?

– Vous avez pas le droit de le prendre en otage.

– On a le droit de fumer de la drogue en France ? On a le droit de faire du trafic en France ? On a le droit de se foutre de la gueule des flics en France ? »

En détaillant de nouveau leurs papiers d'identité, je ressens encore cette peur au ventre, si caractéristique. L'effet est horrible. Une sorte de grosse bulle d'air dans le ventre. Il y a des bruits sourds derrière le bois de la porte. Les mecs sont nerveux, et semblent refuser la situation. La pluie bat nos crânes.

Je sors mon arme et la pointe sur le front du plus jeune. La peur. La peur panique. « Aucun de vous ne bouge. Vous fermez vos gueules. Vous bougez pas. » La procédure n'est évidemment pas respectée. Le plus jeune a le visage qui se crispe. Il pense sans doute qu'il va mourir. Bile. La bile acide se déplace dans l'appareil digestif. On imagine des petites lésions, un sang bien rouge sur les parois luisantes de l'estomac. Ce jour est un peu comme le dernier.

Nous ne faisons plus qu'accumuler les méfaits. Notre pouvoir de flic nous a insidieusement poussés vers l'abus. Abus de pouvoir.

Abus de faiblesses aussi.

Le bruit des roues de voitures sur le macadam mouillé parvient jusqu'à nos oreilles. Les mains du gamin tremblent. « Si tu fais pas de connerie, tu retourneras chez toi tranquillement. Dans le cas contraire, je ne pourrai pas faire autrement que de riposter. »

Les deux autres sont des Blancs de taille moyenne. Les deux urinent dans leurs pantalons de jogging blanc. C'est un bon signe pour moi. Des râles. Des bruits de porte qui claque. Et Marc qui réapparaît seul dans l'encadrement de la porte pourrie. « Range ton flingue et laisse-les se barrer. »

Je m'exécute. Ils disparaissent en une seconde.

« Qu'est-ce que t'as fait de l'autre ? » Il remet son froc.

« La libération du cul pour tout le monde, ça risque de foutre nos boss dans la merde. Nos boss, c'est les grands de ce monde, ceux qui contrôlent les libertés... Alors tu vois... Moi je veux pas être trop cynique, mais il faut profiter de nos privilèges... La liberté du cul est réduite au silence. Seuls les maîtres et leurs bras armés peuvent en profiter.»

Il est tout haletant en disant ça. Ce gros porc.

Le gamin sort avec des gouttelettes de sueur sur le front. Ses yeux sont braqués sur ses pieds, et son joli minois paraît abîmé par la honte. Une course folle, ses épaules en balancier, et sa disparition à jamais au-delà du coin de la façade, là, en briques.

Marc sourit. Hyper satisfait : « La libération du cul, c'est aussi ouvrir l'esprit des pédales en herbe aux plaisirs de l'amour sous contrainte. »

La police. L'avalanche. Nous reprenons notre « promenade ». Depuis que je bosse, les bavures et autres folies se sont accumulées. Certains de mes collègues plastronnent et affichent leur capacité à aller au-delà de ce qu'attendent nos supérieurs. Même si les règles hiérarchiques maintiennent un minimum de cohérence dans nos rangs, la société moderne a fait son travail et chacun se situe dans une optique professionnelle inconfortable : je sais ce que j'ai à faire. Je fais ce que je pense le mieux. Même si une majorité suit les règles, une minorité s'arrache à les briser. Aussitôt que les plus intègres tournent le dos, les enflures se mettent à tout démonter, faisant de la police un corps frappé par la maladie. Les jeunes, qui sont les premières victimes de nos actes illégaux, ne savent pas lequel, de ceux qui les contrôlent, va péter un plomb.

Faire équipe avec Julien garantissait une forme de semblant de respect pour les jeunes gens. Lui, comme moi, avons bien intégré le fait qu'un contrôle sur une personne qui n'a rien commis revient à le mettre en porte-à-faux avec son intégrité. Nos pratiques sont tellement dénuées d'éthique qu'aucun citoyen ne se sent totalement en confiance avec nous.

Faire équipe avec Marc, c'est la certitude de démolir tout ce que la République souhaite imposer aux citoyens : les trois principes fondamentaux que nos politiques rabâchent, avec emphase. La Liberté. L'Égalité. La Fraternité. Le bla-bla-bla déphasé en face du monde des irresponsabilités individuelles.

On fait une halte dans un bar. Nous commandons des bières et un vieux type à la veste grise râpée et au futal crasseux se sent en confiance : « Alors vous avez l'droit d'picoler maint'nant dans l'service ?!»

Le type est candidat aux sévices. Marc se crispe sur son verre et lui envoie une volée de mots comme on jette du pain rassis aux moineaux : « On vient de finir notre service monsieur. Nous prenons donc un petit verre bien mérité. »

L'autre ne se démonte pas : « Bah faudrait vous changer avant, ça f'rait plus sérieux ! Parce que moi ça fait vingt-cinq ans que j'vis en France et… »

Marc manifeste son agacement par la crispation de sa mâchoire : « Vous êtes un immigré monsieur?»

Tous les regards se tournent vers nous. Des regards de désapprobation. Des regards d'immigrés…

Marc gonfle le torse et sourit de façon sarcastique : « Sachez que je vous respecte, car vous êtes des gens courageux qui ont apporté, à la France, la richesse et la diversité. Je vous paie un verre monsieur ? »

Mes nerfs se relâchent. Ce cure-dents de Marc, avec ses petits muscles durs comme l'acier et ses pensées néfastes, a décidé de mettre de l'eau dans sa gnôle…

Le patron lâche une pression mousseuse au type. Il sourit. Ses dents abîmées ne sont pas belles à voir.

Puis Marc lui tourne le dos tandis que le provocateur reprend : « Merci, c'est la première fois qu'un flic me fait un cadeau. Parce que les flics, ça fait pas d'cadeau avec des mecs comme moi. Moi j'suis pas toujours en sécurité. Enfin rapport au bled, c'est pas mieux. On travaille comme des chiens et on se fait avoir comme des cons… Y a plus d'France ! »

Nous avalons notre verre en quatrième vitesse et nous sortons. Marc est pensif. Marc est nerveux. « Attends, on va le choper lui. »

La journée a mal commencé. Justine était étrange. Elle ne me souriait pas. Elle était maladroite et pestait sans cesse. Ses yeux contenaient de la colère. « C'est l'hiver », me suis-je dit.

« On doit retourner au commissariat. J'ai invité ma femme au restaurant pour ce soir.

– Tu restes avec moi mon pote. Je te tiens aux couilles. Je te dénonce si tu le chopes pas avec moi.

– Dénoncer quoi Marc ?

– Ce que t'as fait avec les jeunes tout à l'heure.

– C'est toi qui as giclé dans le petit Black.

– C'est toi, mon vieux, qui a braqué ton flingue sur les petits pédés. Le Black dira rien parce qu'il sait que je le tuerai.

– C'est quoi cette histoire ?

– Tu restes et on s'occupe du mec.

– T'es un gros taré Marc. T'es pire qu'une racaille. »

Le sang coule épais à la commissure de mes lèvres. Son poing s'est écrasé dans ma gueule en un dixième de seconde. Le hobby de Marc, en dehors du viol et de la baston, ce sont les arts martiaux, pratiqués à haut niveau.

On est planqués dans l'angle d'une rue et d'une ruelle. Nous sommes trempés et je grelotte vraiment, maintenant. Mais Marc s'en fout. Il est prêt à faire son « boulot » jusqu'au bout.

À 20 h, je devrais déjà être rentré, au chaud à la maison, avec ma petite femme et mon gosse.

Le mec sort enfin, en titubant. Il emprunte le trottoir qui se situe en face de nous… Marc me fait signe. Nous y allons.

« Bonsoir, monsieur, vos papiers. »

L'autre a les iris confondus aux pupilles. Il est complètement bourré et bave en tentant de répondre.

« C'est bon, il est torché ce connard. »

Marc l'empoigne et l'attire de force dans la ruelle au coin de laquelle nous campions, et le savate sans ménagement. « T'as quoi vieille merde ? Hein ?! T'as quoi avec les flics hein ?! » Il est consciencieux. Le ton est bas et monocorde. Et quand l'autre essaie d'hurler, il lui déboîte la bouche entre ses deux grandes mains. Le coup de boule achève de faire taire le gars.

Les larmes. Malgré la pluie qui a trempé mon visage, Marc a vu mes larmes.

« Putain, mais t'es un gros pédé ou quoi ? »

Je ne réponds pas et décoche un coup de pied monstrueux dans la gueule/fleuve/de/sang du mec recroquevillé sur le pavé. Son corps est saisi par des spasmes. Ses yeux sont grands ouverts. Ses larmes, c'est du sang. Aussi.

Nous faisons attention de ne pas être vus en rejoignant la rue principale. Marc appelle des secours avec son talkie : « Pompiers demandés à l'angle de la rue… »

La porte est entrouverte. La lumière du couloir est allumée. Je me suis séché au commissariat. Personne n'a remarqué notre état étrange, nos façons bizarres de nous mouvoir. Faire ce que nous avons fait implique, ensuite, une chute d'adrénaline qui s'apparenterait à une mini-dépression.

Le couloir est allumé et vide. Le salon est vide. La cuisine est vide. L'appartement tout entier est vide… Ne reste qu'un matelas, l'ordinateur, la télé, une casserole, un miroir, des savons et mes fringues, en tas au milieu du salon… L'agonie. Une lettre posée sur le matelas : « Je ne t'aime plus. Nous te quittons. N'essaie pas de me contacter. Nous allons vivre quelque temps chez mes parents, en Touraine. Adieu. Justine. »

Le hurlement… La tête qui tourne. La course folle vers les bars. L'ivresse.

Le temps a couru. Le temps/distorsion. Mon lit/barque. Pas un navire vraiment. Une vieille barque qui prend l'eau. J'ai des haut-le-cœur sans fin… Sur Internet, ça dé-statique mon esprit. Justine est partie hier déjà. Ça fait dix ans. L'impression. À 16 h 20, je me demande où je vais me détruire ce soir.

Je n'aurais pu penser à changer de vie si cette salope de Justine ne m'avait pas aussi violemment quitté. Je ne serais sans doute pas passé à l'acte si Marc ne m'avait pas emmené dans le sous-sol du commissariat après notre quart d'heure de tortionnaires.

Les collègues n'étaient pas attentifs à nous. Nous étions essoufflés, un peu crades et très distraits. Marc était beaucoup plus excité que moi. Le sang qui avait giclé de la gueule de l'ivrogne l'avait mis en état de transe absolue.

« Faut que je te montre un truc. » Quelques regards se sont alors tournés vers nous. Des yeux noirs de flics/vampires. Les souvenirs me reviennent. Ils me sautent à la gueule avec trop d'intensité. Le tissu de ma vie s'est étiré et effiloché depuis une bonne décennie. L'entrée dans la police. Les rapports malsains avec ma femme. Ce bébé né dans la souffrance d'un vagin déchiré. Les non-dits. Les jamais-dits. Les surtout/pas-dits. Les soirées devant la télé à rédiger des articles vaseux sur des artistes obscurs. Comme si j'avais passé les dix dernières années dans un état second étonnant.

L'insensibilité.

Je l'ai suivi, avec le cœur palpitant violemment. Michaël nous a emboîté le pas dans l'escalier menant au sous-sol. Dans le « hublot » de la porte des cellules de garde à vue, Nicolas nous a regardé passer. Je sentais le souffle de Michaël dans mon cou. Il était important que je me taise. Le silence est d'or lorsqu'on entre en inconnu. Le bruit dort enfoui dans le ventre. Les petits cris de l'enfant qu'il fut sont étouffés par l'homme/la/queue.

Le couloir était très sombre, mal éclairé par des veilleuses crasseuses. Des tuyaux blancs longeaient les murs et bruissaient de mille courants d'eaux bouillantes. Nos pas résonnaient étouffés. Nos pas. Nos chaussures moches de flics.

Michaël m'a doublé par la droite et s'est saisi de l'épaule de Marc : « Faut pas l'emmener là-bas.

– Écoute Miky ! Maintenant c'est trop tard. Confiance pauv'con. »

Ça sentait l'eau croupie. Ça n'était pas un endroit où l'on avait envie d'aller spontanément. Une porte. En acier. Très lourde et fermée à double tour. Tous les deux ont sorti leurs armes et défait la sécurité. « Fais comme nous. » C'est en tremblant que je décidai de les imiter. Sans trop réfléchir, j'ai sorti l'arme de son fourreau. Elle devint plus lourde qu'à l'habitude. Lourde. Consistante comme du métal fondu qui brûle et pulvérise la viande de la paume. Des idées. Mais ne pas réfléchir. Je leste ma façon de penser. Des tournures pesantes, des phrases succédées inutiles.

Un lourd silence (tout était trop lourd) s'est installé. A perduré avant qu'enfin Marc n'ouvrit sa grande bouche : « Bienvenue à Guantanamo »

La tronche enfarinée, je suis entré, l'arme au poing, sans savoir ce que j'allais voir. Des images de Justine et de son gros cul ont pris possession de mon esprit. Des images démentes, également de rues abandonnées, de corps/viande inertes sur le macadam brûlant du demain/catastrophe. Puis, comme si j'avançais les yeux clos, que je les ouvris soudainement, j'ai été ébloui par une lumière vive crachée sur une pièce immense à la peinture immaculée. Et l'horreur. Ma bouche a lâché un cri de Justine : « Oh mon Dieu ! ». Très aigu… Mes doigts un peu manucurés se sont crispés, et mon flingue est tombé. Un bruit de botte dans la chair, la viande d'un être vivant (spécifique, c'est très spécifique ce bruit), s'est posé en super-couche sur mon tressaillement vocal féminin.

Marc et Michaël se sont mis à rire. Ils avaient l'air à l'aise et semblaient très fiers de me montrer ces 10-12 bonhommes à poil, plein de merde, de pisse, de crasse, vautrés enchaînés sur la dalle en béton. Ici et là, il y avait des couvertures verdâtres, des ossements de volaille, des bouteilles en plastique, des feuilles de papier toilette souillées, des serviettes hygiéniques, des excréments secs ou frais… « On dit qu'ils ont leurs règles quand le sang coule des plaies. C'est marrant. Faut savoir apprécier… Je vous présente un nouveau collègue, bande de chimpanzés. »

Ils étaient tous d'origine africaine. Sauf un. Un Blanc tout maigre, tremblant, dont je ne pouvais voir le visage. Un type si fragile et plein de plaies purulentes, comme les autres. Si j'ai été attentif à lui, c'est parce qu'il ressemblait à Julien. Je ne savais pas qui il était. Je savais simplement que j'étais en enfer et que Justine, l'en-moi qu'elle était devenue si souvent, pleurait très fort…

Quand l'un d'entre eux tenta de s'approcher et de demander à boire (ses lèvres étaient craquelées), Michaël lui pulvérisa la mâchoire à coups de pied.

Il m'était impossible d'être discret. Je dégueulai puis je commençai à parler avec Marc. C'était irréel, aussi fou qu'un film de science-fiction où les méchants sont hyper méchants, avec des têtes horribles d'êtres venus d'ailleurs.

« Pourquoi sont-ils là ?

– Ils sont là où ils doivent être. »

Je m'accroupis près d'un petit homme au ventre énorme. Un filament de bave… « Regarde-les bien ces bêtes. »

Je ne pouvais rien faire pour eux. Rien. J'avais peur et j'étais dégoûté.

Retour. Normalité ? « Ça sert à quoi de faire ça ? Pourquoi sont-ils là ? »

Nous étions remontés dans le vrai monde. J'avais déjà gerbé trois fois (le goût de l'odeur de pisse et de merde dans le fond de la gorge). « On pense que parfois il faut pouvoir leur tirer les vers du nez. L'idée n'est pas de les libérer. Ils mourront en bas, mais ils auront parlé et ils auront souffert pour tout le mal qu'ils ont fait... »

Il s'agissait d'un sas entre le monde « du réel » et un monde « cauchemardé ».

Mon père n'avait de cesse de répéter : « La police, c'est le pansement du monde. Elle n'est pas faite pour faire du mal, mais pour soigner les bobos. » Mon père savait dire des choses aussi idiotes que ça, auxquelles je pouvais croire, durant toute mon enfance.

Les dimanches, on les passait à se promener dans la forêt. Il m'apprenait les noms des fleurs, des plantes, des arbres. Il me disait quels champignons étaient comestibles, quelles baies étaient empoisonnées. Je me disais qu'il était un homme extraordinaire, qui accomplissait des actes héroïques toute la semaine et qui, le soir ou les vacances ou le week-end venus, se transformait en homme tranquille et aimant. C'est pathétique. Il ne me reste que ces souvenirs poussiéreux. Le constat est lourd de conséquences : ça ne sert à rien...

Tes yeux sont bien fermés. Hermétiquement fermés. Avec des crottes dans les coins qui te font craquer les paupières quand tu les ouvres.

Mon matelas/barque. Ma protection. C'est la vérité. J'ai vécu une vérité. La Vérité. Notre supérieur n'a pas cessé de le rappeler : « Depuis 2001, nous sommes convaincus de l'existence de l'axe du Mal, y compris en France. Vous le savez, ce sera eux ou nous. Alors durcissons nos actions en vue de les éliminer de la surface de la Terre. » De plus en plus de collègues se sont convertis à une religion. Ils tombent dans un mysticisme de circonstance. Ça a pris des mois, des années. Quelques collègues, dont Julien et moi, réclamons une politique sociale plus offensive. Nous aimerions voir la prévention et l'éducation au cœur même de notre métier.

Les courbatures. La colonne qui craque. Crac ! La plupart des flics sont des cons débilitants. Ils ont des idées arrêtées sur tout et des réflexions sur que/dalle : « Toute façon les clubs de foot ils sont tenus par des mafieux. » « Moi, je suis ni de gauche ni de droite, mais quand même, les salauds qui brûlent les bus, faudrait les faire cramer avec. » « Si nos gosses bien français nous font chier avec les Nike et les Adidas, c'est à cause des Noirs et des Arabes… Ouais, ils aiment ça se montrer et parader, ces gens-là. »

Ma mère. Le souvenir d'une « humaine ». Elle n'y comprend pas grand-chose : « Et alors ! Je sais que la violence c'est pas bien ! Mais ILS veulent nous détruire ! » Les années 70. Les années de ma naissance. Même certains flics avaient fini par accepter qu'il faille traiter les humains en êtres humains. Puis 2001. Et tout le bordel. Même en résistant, on ne peut plus que choisir son camp. Le danger est omniprésent parce que nous, les flics, sommes persuadés qu'il va falloir tuer un maximum de personnes.

Nous sommes les dignes successeurs pseudo-amnésiques de la police de Vichy.

Ma mère. Le souvenir d'un allaitement cheveux longs et chiffonnés sur une photo au grain pourri. Le papier peint orange avec des grosses fleurs marron. Putain ! Des siècles passent en une seule vie...

Marc m'entraîne dans son bureau. « Y en a plein de ces salauds de terroristes africains qui nous menacent... »

JE « JUMPE » SEUL DEVANT TOUT LE MONDE

La Gauloise est un bar tout en longueur aux murs couverts d'autocollants datant d'une autre époque, de posters de groupes confidentiels (punks essentiellement). Il faut traverser la faune des jeunes débrayés enivrés pour rejoindre l'escalier étroit qui mène, plus bas, dans la salle de concert ratatinée sous une voûte de pierres.

« J'vais te chanter une chanson man. Un truc où t'arrêtes plus de gesticuler tes belles petites fesses, man. Enfin je sais pas, c'est si tu veux, man. »

Le DJ me fixe en disant ça, et je suis au centre de la piste de danse. Quelle honte ! Je crois. « GOod GOod GOod GOod Bye Number One, GOod GOod GOod GOod Bye Number Two, GOod GOod GOod GOod Bye Number Three... » Je lève les genoux alternativement de plus en plus haut et dans le rythme. « GOod GOod GOod GOod Bye Number One, GOod GOod GOod GOod Bye Number Two, GOod GOod GOod GOod Bye Number Three... » Il ne cesse pas de me pointer du doigt en entonnant son air ragga récurrent. La honte.

Autour de moi on s'agglutine en pensant sans doute que je suis une star. « GOod GOod GOod GOod Bye Number One, GOod GOod GOod GOod Bye Number Two, GOod GOod GOod GOod Bye Number Three… » La ligne de basse électro-dub complexifie ma position étrange. J'ai parfois des soubresauts qui m'empêchent de capter le rythme. Je ne suis pas un raggae-man moi, avec mes cheveux frisés, mon visage blanchâtre aux rougeurs angéliques sur les pommettes. À 30 ans, j'ai encore l'apparence d'un Aphex Twin de 18 ans. « GOod GOod GOod GOod Bye Number One, GOod GOod GOod GOod Bye Number Two, GOod GOod GOod GOod Bye Number Three… » Une grande Black se déhanche comme une chienne devant moi. On siffle et on applaudit et je me dis que j'ai eu raison de garder mes lunettes de soleil de branleur de nuit. « GOod GOod GOod GOod Bye Number One, GOod GOod GOod GOod Bye Number Two, GOod GOod GOod GOod Bye Number Three… »

Je sais que le DJ n'a pas apprécié mon papier rageur contre ses « rifs/flans frelatant un ragga originellement amer ». Mais ce ne sont que des mots ça. Il m'en veut. « GOod GOod GOod GOod Bye Number One, GOod GOod GOod GOod Bye Number Two, GOod GOod GOod GOod Bye Number Three… » Il descend de la scène et me tend le micro. « You see yeaaah » et je gueule « Yeaaah » dans le micro. Et le DJ – Nuts, oui c'est bien ça – me prend dans ses bras et danse un slow sensuel contre ma gueule, avec toute ma honte. Ça m'apprendra. « GOod GOod GOod GOod Bye Number One, GOod GOod GOod GOod Bye Number Two, GOod GOod GOod GOod Bye Number Three… » Il me lâche enfin et remonte sur scène. J'ai cessé d'écrire mes articles de merde depuis trois mois (les piges dans des journaux de musique, ça arrondissait pas mal mes fins de mois de fonctionnaire de police).

J'ai les larmes aux yeux. Il joue Here I Come de Barrington Levy et la plupart des êtres humains ne connaissent pas ce morceau. Et je suis con et ridicule et je jumpe poings en l'air comme un malade… Et tourne ma langue sur mes lèvres maquillées joliment.

Et je sais que les crève-la-dalle connaissent que dalle aux nuits chaudes et sensuelles d'une guinguette pirate ou d'un divan du monde/grands/jours. Le retour à ma vie. C'est le son sans porter d'avis. Et niquer les problèmes et nier, nier, nier que la souffrance est réelle… « GOod GOod GOod GOod Bye Number One, GOod GOod GOod GOod Bye Number Two, GOod GOod GOod GOod Bye Number Three… ». Dernière salve.

Quand ta gueule prend le masque de la maturité – Ah j'en transpire de partout – tu n'es plus grand-chose dans le monde de la nuit.

Une journée de chiotte. Justine s'est barrée. Les bavures accumulées au boulot. L'affiche en soirée. L'alcool, l'ivresse depuis 7 h du matin. La merde ! Un des danseurs m'a mis la main au paquet, dans un coin. Il a malaxé mes couilles dans le string, sous ma jupe. J'ai laissé faire. J'ai murmuré dans son oreille ébène : « Je suis Justine. Chroniqueuse et ta baiseuse si tu le souhaites. »

Puis il m'a lâché lorsque le liquide s'est répandu entre ses grands doigts. J'irai. Je vais aller là-bas.

On y danse dans les caves. On y torture. J'y suis toujours elle. Je suis moi, tout du moins les sécrétions de moi. Ma vie liquide. Mon corps/viande. Mon corps multiple. Le double.

DERNIERS SOUVENIRS D'UNE SOIRÉE SENSUELLE/AVANT LE DÉPART

Julien avait été mon premier collègue, et sans doute, le meilleur, le seul valable. L'humain. Julien était homosexuel, si bien que je me sentis à l'aise pour lui parler de l'essentiel. Chez lui. Les jolies peintures bleu ciel, le poster d'un imberbe sculpté et de la tristesse… La vapeur de l'eau bouillante sur le feu. « Comment ça se passe avec Marc ? » Il était dans la cuisine, à préparer le thé. J'étais vautré sur un pouf. « Ça s'passe simplement avec Marc… » Rire étouffé.

Justine était à la maison. Elle était aussi un peu en moi, encore une fois. L'une de ses culottes sur mes fesses, sous mon jean.

Il revint avec le thé bouillant. « Tu aimes les garçons Julien ? » Son sourire et la petite ride pop sur le coin de la lèvre pincée. « Oui je le suis… Mais je suis pris. » Ça l'émoustilla un peu. Il gesticula comme un petit con flatté. « J'ai pas envie de toi. Je suis pas homo.

Je suis travesti. » Et il rit. Le regard. La clope au bec et l'humidité en gros plan sur sa langue dans l'obscurité de sa bouche profonde.

« Tu es travesti sans être bi ou homo ? » Ses doigts fins pincèrent l'anse de la tasse aux motifs faussement asiatiques. « Je suis Justine. J'incarne Justine. Je suis elle. Je suis sa viande et ses fluides. Je suis ses liquides. » Ses lèvres en « O » pour souffler la vapeur ondulant au-dessus de la tasse. « Je suis Justine. Je suis elle seulement parfois. Pas à chaque fois. Mais je suis elle. Ça arrive.

C'est comme ceux qui voient la Vierge. Les autres les croient fous, mais eux l'ont vraiment vue… Alors moi je te le dis, lorsque je pleure, ce n'est pas moi qui pleure. C'est elle seulement. » Il glisse un cd de REM dans le lecteur. Quel groupe gerbant. Pop et mou.

Mou et mielleux. « Tu vas me laisser tranquille maintenant. Tu vas sortir d'ici. J'ai assez de problèmes comme ça. »

Alors je suis parti. Tant de sensualité. Julien n'est pas revenu au boulot. Depuis. Certainement a-t-il mal digéré son thé ou ce que j'ai pu dire.

2

DÉPART VERS LE FAR WEST

ALLER À BEAUVAIS

On enchaîne les conversations, les rires, les désirs d'amour et de danse. Et puis on boit, on fume, on se dit que tout va bien.

En sortant de la boîte, je retrouve la France d'aujourd'hui, avec ses saisons en demi-teintes, ses victoires passées, ses Français fascistes bloggeurs merdiques, ses amoureux de 4x4, d'Ardisson, de tri sélectif et de shopping dominical.

S'engouffrer dans le métro. Se taire et sentir les eaux de toilette, les cheveux sales et les pensées maudites. Et prendre le train direction Beauvais pour rencontrer un gourou/hip hop. J'en sais rien. Ça m'a pris, saisi comme une évidence. Le risque, que je prends, est immense. Mais l'écœurement m'y pousse. C'est comme ça. La vie s'écroule très vite, si bien que j'agis dans l'urgence. Pour ma survie.

Croiser tous ces Blancs paranos, désabusés, trouillards, ouvertement racistes ou semi-racistes/peu m'importe.

Secoué dans le wagon/TER, je suis dérangé par mon gros sac plein de fringues que je n'ai pu mettre ailleurs que sur mes pieds. La grosse, en face de moi, a une haleine fétide, le sourire trop facile et sans doute une poitrine/baleines/morte s/sur/une/plage/en/ Écosse.

Les paysages verts se succèdent et je pense essentiellement à mes envies de voyeur. Mater par des fenêtres cette salope un peu vieille qui roupille le cul hors de la couette. Cet éclairage minimum avec une lampe de chevet Fly achetée chère/donc/

de/bonne/qualité. Ce sexe et cette raie broussaille. Je sursaute et m'extirpe de ces visions de nulle part... C'est ainsi que l'on a plusieurs vies. Le cerveau gémit une multitude de situations. Une conscience pleine. Multiforme.

Après avoir été poinçonné par ce contrôleur SNCF peu brillant (le teint de la gueule était gris et la salive séchée dans le coin de ses petites lèvres pincées/personne/n'aime/ça), j'ai sorti ce morceau de journal découpé « à l'arrache » et froissé dans ma poche. D'abord, j'ai vu l'annonce sur Internet, ensuite j'ai chopé ça dans Le Parisien... C'est Marc qui a complété le tout de son écriture pattes de mouche : immeuble n° 4 ? 8 ? « Les types comme ça, ce sont les pires ! »

En quittant l'appartement avec mon bagage, j'ai compris que je n'y reviendrais plus jamais. Si l'on décide de stopper son existence, il n'est pas nécessaire de la regretter. La migraine bien sûr. L'alcool et les reproches que l'on se fait d'avoir trop bu. Évidemment.

L'incertitude quant aux souvenirs de la nuit passée.

C'est une idée particulière, un vertige que de choisir de partir.

Les images se succèdent très rapidement. Les pensées défilent sans que je puisse les contrôler. Un clip des Chemical Brothers en tête. Les paysages vus du train. L'extérieur qui se déplie en rythme. Les pensées. Les cauchemars du réel. Partir, c'est aussi fuir. Bien évidemment. C'est oublier, mettre ses mains sur ses yeux. Mon regard parfois trop optimiste sur l'Humanité, et ma qualité infer-nale à diaboliser l'Occident... C'est puant. C'est infect. J'ai accepté qu'ils déferlent sur nous. Peu importe que nous ayons zigouillé des millions de leurs ancêtres, que nous

ayons pillé leurs terres, leurs sous-terres, leurs dessus-terres…
Que nous ayons violé leurs femmes, leurs gosses… Que nous
ayons écrasé leurs traditions, leurs histoires, leurs conceptions
du monde. À présent nous faiblissons, nous « décadançons » et
ils se préparent, affinent leurs armes, gonflent leurs muscles,
s'entraînent à la haine extrême…

Nous avions l'opportunité d'offrir l'Universel. Nous avons
truandé tout le monde avec notre Dieu moribond, notre
économie fleurissante, nos armes de pointe, notre arrogance
toute occidentale… Nous avons offert la haine à notre encontre à
ceux que nous aurions dû compter parmi nos alliés… Je sais donc
qu'il me faut revenir aux sources. Il me faut donner, à mon
existence infime, un soupçon de grandeur… En fuyant. En
obstruant ma vue, mon ouïe… En m'extirpant du monde qui
m'effraie. L'homme-confort sait qu'il est propriétaire/tributaire.
Et ce qu'il possède le met gravement en danger… C'est
simplement pour ça que j'ai tout abandonné. J'ai tout laissé. Je
ne possède rien, et m'écarte du danger. Je ne serai plus le
convoité d'Occident, je serai un nouveau conquérant. Un dur à
cuire. Un héros quoi !

En sortant de la gare de Beauvais, je prends un taxi. Il n'y en a
qu'un. Je ne sais pas si c'est toujours le cas, mais je trouve ça
angoissant, une gare sans taxi.

Le chauffeur est peu bavard. Il n'a plus de dents devant. J'avale
un peu de cognac et j'allume une clope. « Ouvrez la fenêtre pour
la fumée. » À fond. Le vent glacial s'engouffre dans la bagnole et
frappe mon visage. Nous avançons dans la ville de façon fluide.
C'est dans une « cité » qu'il vit. C'est là-bas où je vais. Je crois
être dans un cauchemar jouissif.

Le vent glacial. En répétition. Le cognac, les émissions de télé imprimées dans mon esprit. C'est pour ça que je pars. J'ai fini par les croire, ceux qui parlent tous les jours dans la télé. Ils m'ont fait si peur. Ils pensaient, en me faisant peur, que je frapperais encore plus fort sur les délinquants, ces menaçants mineurs imbibés de haines, faute d'affection manifeste. Le Moyen Âge dans les buildings, les cages à pigeons, les tuyaux immenses des métropolitains.

Il me dépose à l'entrée du quartier. « Je vais pas plus loin, on m'a déjà balancé des pierres ici. » C'est navrant. Il est correct et m'ouvre le coffre, sort mon sac et me le restitue. Le prix de la course n'était pas si élevé : 14,55 ▯. Je possède de l'argent. Ça, j'ai gardé. Un petit paquet qui me fera tenir quelque temps. Je ne sais pas combien de temps. Mon argent/la carte bleue/le chéquier.

Des jeunes mecs en survêtement me regardent passer. Une insulte : « Tu vas où enculé ? » Je passe mon chemin, le chatouillement de la peur tout le long de l'échine.

Les immeubles sont moches et une carcasse ou deux de bagnoles me ramènent à des extraits de Starsky & Hutch que je regardais goulûment étant petit. Nombreux sont venus au boulot de flic grâce à cette série. Merde j'enlève cette crotte de nez sèche qui m'empêche de respirer par la narine gauche. Je me disais en regardant des séries policières américaines que je serais un flic comme eux… Avec une belle bagnole, des petites pépés à tous les coins des rues, un indic noir et un ranch à la campagne… Exaltant le rêve de flic d'un gamin des années 70. Paraît que les enfants veulent être des stars maintenant…

Le sein gauche préféré parce que je suis droitier. Pas question d'être Justine. J'ai mis un caleçon normal de mec avec des motifs verdâtres, des petits soldats avec des têtes de renards. Drôle de motif. « Enculé ! Tu vas où ? » Je vais dans l'amour. Ils me suivent.

J'accélère. Des graffitis, le zizi bien dur lié à la trouille, à l'envie de baston aussi.

Ce matin, je me suis levé, fermement décidé à en découdre avec ma lâcheté. Malgré la migraine très puissante, le café arabica ignoble et cette chaussette à trous qui sentait le roquefort. (Mais sincèrement si, c'est le roquefort. Elle sentait fort le roquefort. Je me fais des jeux de mots et je pense à Julien. Je pense en Justine à Julien. J'aime bien les pédés. Ils sont plus sensibles. Je ne dis pas ça. C'est Justine qui dit ça en moi.)

Je résiste. Je reste moi. L'immeuble n° 4 est introuvable et ces trois connards qui me suivent. « Oh tu réponds enculé ? » J'ai gardé mon flingue. Au cas où. J'irai en prison s'ils me retrouvent. Ces enfoirés de flics.

Sitôt avalé mon café jus de chaussettes, j'ai pris une douche froide et j'ai vomi dans la baignoire.

Les magasins sont abandonnés, en ruine. On voit encore l'écriteau « Boulangerie », « Épicerie ». Mais c'est dans un sale état. Immeuble n° 3. Je trouve. Immeuble n° 5. Je trouve aussi. Immeuble n° 4. Je ne trouve pas.

Ces petits cons m'ont pris pour un cinglé. L'un d'entre eux m'a bousculé, mais j'ai continué à marcher. De guerre lasse, ils sont allés s'asseoir sur un banc dégueulasse et ont continué à m'insulter à distance.

Des femmes bougent les rideaux. Elles me scrutent et se demandent quel genre d'animal traverse leur espace. Les trottoirs sont détériorés. Un mec « bidouille » le moteur d'une vieille R15 bleue.

Enfin je comprends la raison pour laquelle je ne trouve pas l'immeuble n° 4. Celui-ci n'existe plus. Il a été « implosé », là, à cet endroit où des tonnes de gravas sont amassés. Où un bulldozer entièrement rouillé semble attendre son conducteur. Le petit bout de papier froissé où est rédigée l'annonce entre mes doigts qui tremblent. Il fait froid. Très gris. Humide. Froid. Il fait peur ici aussi. Immeuble n°8. Non pas le n°4. Le 8. L'écriture minable de Marc.

Il est un cube gris sans cachet qui pose là dans ce grand nulle part français.

L'ascenseur n'est pas en panne, mais il sent gravement la pisse, et fait un bruit infernal. Les graffitis qui le décorent en disent long sur les intentions des jeunes : « Nique la police », « Djihad en force ! »…

Le couloir est jaunâtre, empli d'une lumière blanche clinique. Les portes des appartements sont sales, pleines de traces de doigts, de taches de merde, de sang, de je ne sais quelle horreur encore.

On introduit une clé dans la porte. Sa femme Josy dépose les sacs en plastique et repart. Mimou – Octave de son prénom – est un géant souriant vêtu d'un jogging plouc, de tongs en cuir marron, et fumant mollement un vieux cigarillo. Je fais quoi là ? « Je viens te voir parce que je me sens perdu. Je crois. Je me sens mal. J'ai vu que tu aidais les gens – je te tutoie –, j'ai lu que tu aimais les gens sans les juger. Putain j'ai l'impression d'être une grosse merde !

Parce que j'admire ta détermination, et que je souhaite vivre ma vie selon une philosophie proche de la tienne, je suis venu à ta rencontre. »

Il me fixe comme si j'étais un gros taré… Et oui je crois que je suis un phénoménal taré.

« Où est ta famille, la vérole ?

– Chez elle.

– Réponds sérieusement.

– Elle est loin de moi. »

C'est débile tout ça. Il me fait directement pénétrer dans une chambre bordélique après avoir traversé un long couloir sans lumière. Découvrir le boulot de ce gars.

Des fanzines par dizaines. Cassettes vidéo et audio. Des dvd, des cd, des vinyles. Un empire de « culture noire française » s'étalant dans un 50 mètres carrés minable. Ses trafics aussi. Ses actions secrètes.

Il me sert un Coca light en m'expliquant qu'il va falloir être fort.

« Comme tu as pu le lire ici et là, tu dois entrer dans mon intime pour t'émanciper de toutes les merdes qui contrôlent ton existence. »

C'est horrible. Il y a un gros trou dans ma tête. Une question intense : Qu'est-ce qui m'a pris de vouloir faire ça ?

La rythmique de notre dialogue est la suivante : lente et dérangeante.

Mimou le vit. Il aime bouffer dans des fast-foods, écouter du rock'n roll et regarder des stupidités à la télé. Puis il rit.

Il rit. Le con. Il rit.

Et moi je suis gêné.

« T'es qu'un putain de Blanc de gauche en mal d'identité. » Ça me tranche dans le vif évidemment. « Mais je vais te sortir de ces pensées connes. Désormais tu vas envoler ton récit. Tu vas penser autrement. Comme si tu n'étais absolument plus porté par le sens, mais par l'insensé. Je vais te transformer sans te proposer aucun dieu. Tu verras. Lève-toi, slut, et bouge ta chatte. »

Il rit. Merde ! À pleines dents. Il baisse les stores des fenêtres. Et me tend mon Coca pour que je le termine. Putain, je n'ai pas l'impression d'être dans cette ville sordide de Beauvais. Je suis ailleurs. Mimou s'approche et pose ses immenses mains douces et fermes sur mes joues brûlantes. Et m'embrasse. Et m'attrape les couilles. Et s'éloigne d'un seul coup. Moi.

Moi je dandine de la gueule. Je me sens partir et rougir comme rire et rebondir sur un gros lit invisible et douillet. Là debout.

Mimou se vautre dans le fauteuil cuir brillant et rit. Les mots bleus en fond sonore, puis un morceau bien old school de rock steady qui m'emporte à jamais dans la nouvelle et grande vie où plus rien n'existe concrètement...

Allez ! hop ! je jumpe follement sur la moquette douillette et pieds nus. Il n'y a pas de Français de souche juchés au-dessus de la morale, le must du Français qui disparaît de l'histoire, et je danse et re-danse avec Mimou aussi et aussi... Ces pensées-là m'obsèdent. Me sens perpétuellement paumé.

« Tu es venu à moi. Donne du fric d'abord. C'est super important le fric. Ça craque sous les doigts, c'est jouissif comme une première partie de Monopoly. Raconte-moi. Me raconte pas. Tu veux dire quoi par " je flippe du monde dans lequel je vis ? ". T'es super fleur bleue. Je te dis : assieds-toi. Tu t'assois, ou je te fais manger mes poings. Pas de mouvements brusques. Tu es assez beau. Pose ton sac là. Non là ! Pas là ! Près du bureau comme ça il ne nous dérangera pas. Je suis Mimou. Pas Octave. Octave, c'est mon prénom de parents pour l'école. Je suis Mimou, ta grande cheminée pensante. Assieds-toi correctement. Mets-toi à l'aise.

Pas de manière chez moi. Je veux pas savoir pourquoi t'es venu me voir. T'es le troisième à faire cette démarche. Je te préviens les deux autres ont survécu de justesse. Tu vas devoir arrêter d'avoir peur. T'as peur. Ça se voit. Tu vois t'as des grands cils et des gestes malhabiles, t'as des yeux de cocker un peu qu'on admire avec les gosses à Animalis, t'as pas l'air d'être méchant, t'as des cuisses toutes fines. Je sais je parle trop. Dans le flot de mes mots tu entendras un certain nombre d'infos empilées dans un complexe narratif peu compréhensible et normalement peu acceptable par la plupart des gens. C'est pas un périple. C'est pas une mission. On n'est pas dans ces films débiles comme Fight

Club ou Matrix, là. La réalité elle est là. Y a pas de monde double. T'es dans un monde simple que tu supportes plus. Mais t'es pas le seul. Y en a des milliards de mecs comme toi. La vie. C'est dur. " Je la porte, j'en ai marre, la vie n'a pas de sens. " T'as sûrement des problèmes avec tes parents, ton boulot. T'arrive pas à donner un sens aux choses alors t'es en permanence en déséquilibre. T'es pas équilibré, voilà ce qui te pèse. Tout le monde l'a dit. L'a pensé. Tu vas gicler ta gueule dans les livres des philosophes et tu te ramasses parce que t'as compris qu'il n'y a rien à faire. T'as compris que ces débilités de curetons, avec leurs saints, leur Diable et leur Dieu, c'est la daube en Bible. T'as compris que les intellos, ceux qui écrivent si bien, qui sont si pertinents, trempés de talent, ne sont rien, ne te parlent pas à toi, te méprisent, te regardent de haut... Ils ont l'impression d'être un peu des dieux, des fac-similés de dieux, même s'ils ne l'avouent jamais. Ils n'admettent pas leur part animale. Ils ne veulent pas voir qu'ils se savonnent la bite et la chatte comme des clébards, comme tout le monde... Toi et moi, on n'est que des merdes pour les élites. La réalité, t'es dedans. T'as peur de sortir les doigts de ton cul. T'as envie de confort au fond.

Moi je te le dis. Ma femme s'appelle Josy, elle s'occupe de tout à la maison et moi je m'occupe des mecs comme toi. J'ai trouvé un sens à ma vie. C'est la naissance puis un chemin plein de faucilles et de marteaux jusqu'à ton décès. Tu sais l'image des gens en noir à un enterrement devant une église. Tu passes en bagnole et t'en vois un ou deux qui se marrent discretos et tu te dis : "Mais ils se racontent quoi là ? Ils sont contents de la mort du mec dans le cercueil ?" T'en sais trop rien mais ça t'est souvent arrivé de t'en branler, de la mort des gens. Enfin pas pour l'instant, t'es encore trop sensible. Mais moi si je te vois mourir mon pote, et bien j'en aurais rien à branler. Allez finis ton Coca, on va commencer.»

Le silence. Je suis harassé et embarrassé par son laïus d'introduction. Il me suffirait de lever mon cul/muscles et de déguerpir. Ça n'est pas plus étrange que ce que j'ai vécu ces derniers jours.

LA PLUIE EN TOUTE SAISON

Mimou ne me sourit plus en parlant. Nous parcourons les rues de Beauvais en parlant de l'orientation dynamique de nos vies. « J'ai vécu une énorme dépression à 30 ans, alors j'ai choisi de m'en sortir avec panache. Mais il y a des tonnes de choses qui se bousculent dans ma tronche. » Nous avançons les mains dans le dos, tel Mitterrand gravissant lamentablement la roche de Solutré.

Quelle idée. Des idées, j'en ai des tonnes.

Dans le café des beaufs du dimanche, les clients le matent parce qu'il est noir. Nous saluons tout le monde en riant, en gardant le pétillant des yeux de ceux qui ont décidé de ne plus cesser d'aimer les gens. Mimou dit, après avoir aspiré bruyamment une gorgée de son demi : « Moi j'ai deux-trois potes du FN. Je les préfère à ces cons d'intellos de gauche qui me cassent les couilles avec leur littérature confidentielle, leur passion malsaine pour le blues originel et le hip hop actuel. Ils passent leur temps à déblatérer sur l'égalité des chances et sur les balivernes du type : tout homme est bon, c'est sa condition qui va, en grande partie, orienter ses choix.

Ils pensent que la plupart des mecs qu'on met en prison sont des victimes de leurs conditions sociales. Moi je pense que ce sont des porcs, des merdes, des quidams inaptes à vivre en société. »

C'est une façon vulgaire d'analyser le monde. Il s'enthousiasme et s'énerve: «Fais pas chier avec ton grand cœur! Il y a les bouffeurs et il y a les bouffés. Et voilà, c'est simple. Tout ça n'est qu'une affaire de gros bras. »

Je suis décontenancé. J'ai l'impression d'être totalement le prototype qu'il décrit. « Et tu sais, en Jamaïque, nombre de fumeurs de joints sont des réacs infects qu'il faut combattre. En

Chine, la plupart des gens sont des racistes infects. En Afrique, les castes cultivées et dominantes ne rendent jamais rien à ceux qu'elles prétendent défendre. Tu es un mauvais flic. J'aime pas ce que tu as été en tant que flic. Il faut que les énergumènes de ta sorte ne puissent pas emmerder le monde avec leurs questionnements. T'es un peu un abruti fini. À cause de petits pédés comme toi, les gamins ne reçoivent plus de corrections. Faut pas se laisser faire. Les mecs, flics, intellos et en plus de gauche, c'est de la daube. »

Un mec bien rouge se sent conforté dans son ivresse par les propos de Mimou et vomit sur ces « gens qu'on accueille comme des cons ». Et Mimou rit. Allez ! Hop ! Déhanche-toi chose et danse et montre que tu es beau en rythme, en sensuel.

Les rues sont désertes. On pénètre dans une zone HLM. Je crois que je suis le dernier être humain vivant sur cette planète à appeler les « cités », les « banlieues », des zones HLM.

Il n'y a personne. Il tombe des cordes. Mimou me met une main au cul et un gosse est mort de rire. Subitement, je n'ai plus aucun morceau en tête. Dire un morceau de musique. Un morceau de bois. Un morceau de musique. L'enfant à la découverte de la langue française. J'enveloppe mon esprit avec des coupures de mémoire. Le quartier est gris, mais ce n'est pas nouveau. Tout est moche. Même le salon de coiffure arbore des affichettes de pétasses frisées, délavées, au rouge à lèvres eighties du plus mauvais goût. Dans la boulangerie, c'est une fille voilée aux yeux très bleus qui vend ce pain camelote, tout droit sorti d'une usine Banette. Le distributeur Banque populaire est H.S.

Même s'il est certain que des millions de personnes vivent dans ces ensembles (quel mot pour définir ces taudis titanesques !), il est difficile de ne pas être horrifié par les non-rapports évidents qui délient leurs habitants.

Les voitures sont crasseuses. Deux types blacks habillés en costard couleur tartare de ch'val sont vautrés dans le moteur d'une Simca jaune vif. Une toccata trotte dans ma tête. Mimou se tait et me balade dans cette « cité » aux allures d'apocalypse échouée.

Dans ce passage, des gamins de 14-17 ans «squattent» en jogging miteux et nous regardent tels des clébards affamés. «Salut les blaireaux! Faut commencer à se sortir les doigts du cul les p'tits pédés!» Pas un ne bronche. Mimou est comme le flic menaçant dans les couloirs des cellules/garde à vue. «Faut pas se marrer avec ces petits connards. Ils te cherchent si tu leur montres pas que c'est toi le maître. » L'odeur de pisse est récurrente. Il y a souvent une odeur de pisse qui plane au-dessus de ces ados paumés et cons.

Je vis plusieurs fois, en une seule journée, une même situation, mais de façon déformée. La cité se démultiplie. Un coup, ses magasins sont ruinés. Un autre, ils sont bien ouverts... « Tu ne vas pas bien mon p'tit pote ? »

M'aperçois que Mimou est vraiment là. Que nous avons véritablement erré ensemble. Que j'ai vraiment délaissé mon chez-moi. Que j'ai pris le train.

La folie. Les pensées démultipliées. Les pensées, les mêmes, mais mille fois répétées de façons différentes.

Dans les rangs de la police, Julien pensait comme moi. Il était un homo discret ; il est préférable de taire ce genre de choses dans les commissariats. Un soir que nous faisions une ronde, à pied, vers la place Clichy, il m'a dit que nous n'allions pas dans le bon sens. Il fallait essayer de mieux comprendre les jeunes et de les aider, plutôt que de les pulvériser lâchement dans des couloirs sombres, ou sous des ponts. C'est alors que nous nous étions provisoirement liés d'amitié, jusqu'à ce que les collègues ne découvrent ses penchants sexuels.

Pour lui, ce fut une descente aux enfers. Tous les jours, qu'il s'agisse des mots obscènes écrits avec de la merde dans son casier défoncé, ou qu'il s'agisse de sobriquets incessants à son endroit, il ne pouvait plus faire un pas sans être laminé par les collègues.

J'avais envie de me suicider pour lui. Putain. J'avais envie de mourir avec lui, en lui, contre lui... des idées de sexe bizarres.

La dernière fois que nous nous sommes vus, il m'a demandé de sortir de chez lui, sans justification. Je le sais. J'ai l'impression d'avoir déjà insufflé ces souvenirs. Je n'en suis jamais sûr. C'est compliqué. C'est brouillon. Les morceaux de Justine. Des bouts de peau/de/cerveau de Julien. Des hordes qui déferlent du monde entier sur nous.

Le fait de lui avoir dit que j'étais Justine m'avait fait du bien. Il ne pouvait en être autrement.

Je redresse la tête. Je suis encore debout devant Mimou. Les stores sont toujours baissés. « T'as bien tripé mon ami. » Il vient d'écraser son cigarillo. « T'as tripé comme un ouf mon gars. » Oui. Je suis torse nu. Je suis là depuis une heure à peine.

Premier décrochage.

« Tu lâcheras plus la vérole. On fait que commencer. On va te guérir Ducon. »

Les gouttelettes tièdes qui glissent de mon cou, mon torse, l'entre-pec aussi, vers mon ventre gélatine. Presque.

Ma tête chute de nouveau. Morceau, comme de la peau, d'un souvenir. Les corps dans la cave. Avec les flics qui tirent la langue de plaisir. « C'est qui le Blanc ? », j'ai demandé à Marc. « Le Blanc ? C'est un traître. C'est les pires. » Lorsque je suis allé dans ce trou

à martyrs, j'ai compris que l'Occident avait toujours le potentiel, pour hypothéquer un peu plus encore, son avenir. Quoique…

MA P'TITE LANGUE À CALIFOURCHON
CONTRE LA SIENNE

Mimou a ce réchaud dans le coin de sa piaule merdique. Un réchaud à gaz pour faire chauffer l'eau dans la casserole. Il est très soigné, et pointu dans ses gestes. Il fait attention à tout ce qu'il fait.

Sous le lit, il y a ce gros sac transparent qui renferme une quantité énorme d'herbes séchées de toutes sortes.

«   Qu'est-ce que c'est vraiment ça ? Je n'ai jamais vraiment vu ça quand je contrôlais tous ces blaireaux de junkies.

– Tu y viens mon petit. Tu commences à reprendre le contrôle, je crois. Tu appréhendes ton métier de flic avec beaucoup plus de rigidité. C'est bien ça. Le monde est fait de ça. Des gens paumés qui ne font que des conneries. Des gens installés qui se tiennent à carreau. Et des mecs au milieu qui tabassent ces enfoirés qui voudraient s'approprier le bien de ceux qui ont su s'en sortir. »

Son discours est imprégné de simplicité. Le manque de maturité.

«   Mimou, je souhaite retourner chez moi maintenant. Je pourrais expliquer à ma hiérarchie que j'ai dû m'arrêter pour cause de problèmes de santé. Je ne sais pas. Mon médecin est conciliant, il me fera un certificat en bonne et due forme. »

Comme si ma mâchoire craquait lamentablement pour un oui, pour un non. Mes dents qui ont légèrement accusé le coup en se déchaussant devant… Face au choc du coup de beigne de Mimou.

Je me sens moins bien. Alors je m'assois finalement sur la moquette jonchée de poussières grises, de boulettes de shit minuscules, de poils de chats et de fibres de tabac à rouler. Un vieux journal froissé est ouvert sur le sol. Mimou met une grosse poignée d'herbes dans l'eau qui frémit déjà dans la casserole. C'est inquiétant. Je ne pense pas sûr. Tout ça ne doit pas être très logique.

Il expose son gros cul bombé en se penchant vers sa superbe chaîne hi-fi d'un autre temps.

« Pour pas te décontenancer, je vais te livrer des morceaux que je trouve sublimes… Certains morceaux de Earth Wind and Fire. » Plutôt qu'une tasse à thé, il verse le liquide bouillant aux herbes dans un bassinet en faïence. Il ressemble à ce pot dans lequel ma grand-mère faisait, la nuit, ses besoins. Bruyamment.

Me sens étrange. Ça sent la chaussette comme le jour de ma première vraie baise avec une fille, à l'adolescence. Elle puait des pieds. Quelque chose d'immonde. C'est cette musique. Earth Wind and Fire, c'était du son de boum… Je m'y sentais mal à l'aise. Les filles avaient un côté dégueu vers cet âge-là. Elles voulaient être femme, mais avec des manières d'enfant, de copieuses de gonzesses. Il fallait s'en contenter. On devait forcément tenter de les peloter, elles, en attendant de grandir encore.

Mimou dit que son frère a tué une femme quinze ans plus tôt parce qu'elle l'avait quitté. « Et mon frère était blanc. J'ai été adopté con. » Je m'en fous. Ce n'est pas ça que je suis venu chercher ici. « Ça va aller crescendo ! » Oyooooooo !

WoyoooooBadabo-yoyooooo   !   Oyoooooo   !
WoyoooooBadaboyoyooooo ! Receive my steady spirit French !
Oyoooooo   !   WoyoooooBadaboyoyooooo   !   Oyoooooo   !
WoyoooooBadaboyoyooooo ! Receive my steady spirit

French!

Il me tend le bassinet d'herbes macérées qui fume magistralement. « Bois même si ça brûle la langue et la gorge. » Je teste le bord du bassinet du bout des lèvres. C'est horriblement bouillant. Mais Mimou le saisit et le porte violemment à ma bouche. « Ouvre sale enculé ! Ouvre ! Bois ! Ouvre-la enculé ! » La douleur est terrifiante. La brûlure de merde qui avance des lèvres à l'estomac… une brûlure déchirante. Je tousse, j'ai des haut-le-cœur, je vomis un peu.

Il me donne un verre d'eau froide sorti de son mini-réfrigérateur.

Soulagement bref. Et retour douleur.

C'est bon, je repars. Maintenant en caleçon. Ça va aller crescendo ! Enveloppé par un tissu-air. La massue qui re-défonce mes cuisses. Et je m'écroule. Pour m'évanouir de nouveau.

J'entre dans la cité. L'arme au poing soudain. Le petit con qui m'a bousculé frémi de peur. « C'est où l'immeuble n° 4 ?! Dis ! » Il ne sait pas. Ou prétend-il ne pas savoir. Comment savoir s'il dit la vérité ? Justine en moi m'ordonne de me calmer. Je lui frappe le visage avec le bout du canon. Métallique.

HEUREUSEMENT MAINTENANT

Et d'en passer des heures devant la grille du lycée à se parler sur un pied et à cloper sans trop réfléchir.

Heureusement.

Heureusement, je suis dans le désert maintenant. Mimou déshabillé, les couilles dans le sable. Moi sur la moquette et j'ai froid. Et les orteils qui gesticulent bien en entendant ce drôle de remix. Merde, en plein désert. Heureusement maintenant, c'est fini. Les répètes. Soûlantes dans le garage. C'était bien drôle au départ. À taper comme des fous furieux sur des grosses boîtes et des bidons toxiques. Et les cafés au bistrot. Les flippers. Les tubes des années 80 en boucle. « C'est trop fort, baisse ! »

Mimou me dit de fermer les yeux. J'ai l'impression d'avoir les yeux fermés mais des cloques dans les cuisses. Bien grosses que je ressens puissamment lorsque je suis assis à califourchon.

Les heures aussi à jouer aux échecs, à écrire des chansons punks de merde. Encore debout.

L'ordinateur est pourri. Le clavier est sale à force de doigts qui tapotent, des uns et des autres. C'est fou comme je tremblais. Marc circonspect : « Tu tapes un rapport sur quoi ? T'avise pas de faire le con… » Je savais que j'étais en train, en quelques minutes, de devenir cinglé. Ces mecs par terre comme des bêtes attendant la pitance dans des égouts mal entretenus.

Je suis encore debout et je danse. Je danse et je dance ! Ouha ouhhhhhouuu ! Ce Noir de Mimou me dit de reprendre mon souffle. Il me dit qu'il faut reprendre le contrôle mais contrôler où et quoi quand je contrôle à la grille du lycée le mégot que je regarde déchiqueté par ma basket Puma et les autres qui parlent d'aller faire un tour pour fumer.

Je me reprends. « On ira faire un tour tout à l'heure ? » Il sourit et rallume un cigarillo. « On ira faire un petit tour oui la Vérole. Pour te soulager l'esprit et les couilles. T'es vraiment trop à bloc. » Je tremble trempé penché en avant en riant comme un hystéro-mammouth miniature. « Promets Mimou ! Tu promets. » Mes avant-bras ballants je re-danse et re-DANSE ! Je suis moitié moi, moitié elle. Je suis deux. Et je suis avec tout le monde. Tous mes amis, ma famille, mes collègues. Et CHUTE ! Je suis seul, face à Mimou qui me propose une nouvelle tasse d'herbes macérées.

LONG LENT À RACONTER

Ils passent leur temps à s'engueuler.

Je les vois parfaitement. C'est aussi confus que clair. Absorbe une gorgée de tisane. Ils s'engueulent si fort. Le type a la voix abîmée par trente ans de fumette. La femme est plus douce mais déterminée. Je les vois parfaitement et j'avale une nouvelle gorgée de tisane bouillante. Pendant que Mimou continue à raconter. Nous sommes décousus tous deux. Donc il raconte décousu. Il est allongé sur le canapé. Un filament de rayon solaire scie ses pectoraux noirs et musclés. Je ne cesse de penser qu'il est noir. Et je ne trouve pas ça mal.

Sa queue est petite, posée sur sa cuisse aux poils-touffe. Mimou raconte décousu :

«   Malgré la couleur de ma peau. Malgré les géniteurs fous qui m'ont mis au monde, j'ai vécu la plus grande partie de mon enfance là où il fait froid. Et là où l'on noircissait ses doigts à gratter le charbon. C'est affolant. Ces années en Norvège où des immigrés africains enrichissaient le pays comme des forcenés. Et ces Blancs, comme partout, qui viraient vers plus d'Humanité, tout en exploitant de plus belle. Encore. Encore. Je pense décousu. »

Mimou raconte décousu :

«   On vivait dans des maisons minuscules qui ont été détruites depuis. J'entendais mes parents adoptifs baiser à travers les parois, comme si j'étais avec eux. J'étais formé à la branlette avant même de gicler du sperme. Parce que ça m'excitait. Ça ne me gênait jamais. Au contraire, je m'empêchais de dormir pour les écouter.

Et à l'école je racontais ça à mes copains. Enfin ceux qui acceptaient de me parler. Les Norvégiens sont de féroces racistes. Ils n'ont aucune considération pour les autres peuples. Ce sont des gens très renfermés qui se méfient de tout. On bossait dans leurs mines ou dans leurs gisements d'enfoirés. On n'avait le droit à rien. Mais au fond, ils avaient raison. C'est comme ça que l'on doit être. Autant s'en branler complètement de l'autre, et tirer son parti des faiblesses des dites victimes. Personne ne peut m'attraper. C'est moi le chasseur. C'est moi qui débusque la proie, même si elle se croit en sécurité sous la surface de l'océan. Je suis un balbuzard, péquenot ! Tu vois, le monde d'avant s'est effondré. Le tout-marchand, c'est l'homme-produit, l'Africain-haï qu'on fait trimer pour ensuite le virer aussi sec. Les Africains feraient peut-être la même chose s'ils avaient la même chance que les Blancs. Mais voilà, c'est pas la réalité. On n'en est pas là. Les Norvégiens nous détestaient surtout parce qu'ils ne voulaient pas avoir affaire à des types venus de loin pour permettre leur enrichissement national et personnel. On vit dans ce monde-là péquenot ! Tu comprends ?

C'est comme ça. C'est impossible que ça change parce qu'on n'est rien, des minus. Faut trouver une autre voie. Choisir autre chose que la révolte classique, revendiquer pour soi et pour les autres des droits qu'on n'aura jamais. Nos droits, faut les choper comme ces Norvégiens ont volé notre force de travail. Faut se donner la peine mon gars, gros péquenot. »

Il s'interrompt. Respire. Attrape un coupe-ongles et se lance de nouveau dans son discours-fleuve à la Castro :

« Même si t'es un Blanc, si t'es là, c'est parce que t'as pas eu droit à ta place. Parce que tu t'es senti étranger avec tes drôles d'idées généreuses, alors que tu avais un flingue accroché à la ceinture. Faut pas lutter quand c'est comme ça mon ami. Moi aussi j'ai cru, parfois, que je m'adapterais à la voracité de ces hommes. Leurs codes. Tu vois, le rêve de maison individuelle, de vacances, de loisirs. Et puis les principes, les raccourcis : " Les racailles, les jeunes de banlieue, ces gens-là, etc .". S'ils pensent et parlent comme ça, c'est parce qu'ils sont humains, simplement. Humains donc injustes, limite animaux semi-apprivoisés. Tu peux pas. Tu supportais plus. T'avais les boules. Je sais pas ce que t'as vu, mais c'était pas du beau. J'en suis sûr. Petit péquenot. »

Je souris, inévitablement. En tant que flic, j'avais croisé plus d'un truand, plus d'un bandit, plus d'une petite frappe, avec beaucoup de cœur et d'humanité.

Sur les murs, il y a des affiches de Scarface, de Snoop Dog, de Brel, de Staline, de Malcolm X, de Rambo et de Gandhi. Des bougies éteintes fondues partout, comme si un marabout avait abandonné son lieu de travail. Des tissus de couleur. Chamarrés. Des clefs de toutes sortes, partout. Des clefs grandes, petites. Rouillées ou luisantes. Que sais-je ? Et puis il y a des livres, des revues, des fanzines par centaines, déposés en tas, en vrac sur des étagères, des chaises, des tables. Ses écrits au stylo, au crayon, à la machine à écrire. Et puis finalement sur cet ordinateur portable couvert d'autocollants de marques de bagnoles. Il y a des copies des peintures d'Arroyo, très gangster, très attirantes.

À l'endroit des gravats de l'immeuble n° 4, j'ai repéré des gamins qui jouaient. Je sais qu'ils jouaient aux cow-boys et aux Indiens avec leurs faux pistolets improvisés faits de morceaux de bois et de béton.

C'est confus. Trop confus. C'est sans fin. Infiniment sans fin. Ces gamins n'étaient pas drôles, agglutinés là. « Pan ! Siii je t'ai eu ! Tu triches ! T'es mort ! » Je pensais qu'ils ne jouaient plus à ces trucs-là dans les zones HLM. Comme tout blanc-bec je les imaginais à faire des conneries d'ados dangereux...

Je relève la tête. Mimou ne sourit pas. Il bouffe des cacahuètes en lisant la pochette d'un 33 tours de Hendrix. « Tu les préfères quand ils sont blacks les musicos ? » J'ai mal à la mâchoire.

« Désolé, c'est pas ce que je voulais dire. »

En me retournant, j'ai remarqué que le jeune mec avait la bouche en sang. Il continuait à m'insulter copieusement, m'invectivant et levant son poing vers moi, mais il n'osait plus approcher.

Je suis sûr que je ne pète pas les plombs. Je suis certain que je suis quelqu'un de bien. Mon flingue dans la main, je me suis approché des gamins. J'ai armé le chien et j'ai marché avec les jambes légèrement arquées. « C'est qui les cow-boys ? » Un petit gars avec un tee-shirt rouge m'a fixé avec ses gros yeux ronds.

« Alors c'est qui hein ?! » Les ados furieux se sont approchés. « Eh ! Tu fais quoi là ?! »

J'ai le souvenir de ça. Les magasins fermés. Les gravats en tonnes.

Et ces gamins. Les lascars me gueulaient dessus sans oser avancer.

Les gamins, eux, étaient fascinés par mon arme rutilante…

J'ai couru. Merde. Justine caresse mon bas-ventre en moi. C'est désagréable, comme des doigts entre mon derme et mon épiderme.

C'est impossible. Ce n'est pas aussi compliqué.

Mimou raconte décousu et je lui demande simplement si je peux fixer son sexe. C'est une chose très importante pour les hommes. Les femmes ne comprennent pas l'importance de ce sexe, cet objet absolu qui construit à lui seul les trois quarts de nos personnalités.

J'aime bien les méchants et les personnages stéréotypés… Les mecs charismatiques aux visages carrés… Mais je n'aime pas les aimer. Je n'aime pas en avoir peur… Je veux, sans fin, les massacrer… et les baigner… dans d'atroces souffrances. Devant moi, se dresse un immeuble château posé là-haut sur un monticule gigantesque. De cette ville petite ouvrière, il ne reste que cette grande zone flippante expurgée par les êtres mécréants du maintenant… Un espace gigantesque fait de chômeurs, d'enfants de chômeurs, de bouffeurs de légumes dégueulasses aspergés d'insecticides et de pesticides… « Ils sont frais, TRÈS frais mes produits ! ».

C'est fou. Comme ça. Je ne sais pas.

Mimou sursaute : « Tu penses des choses qui ne sont pas dans l'air du temps. Regarde mon sexe. Mais écoute moi aussi. » Il raconte mais c'est ignoble son histoire. Il parait. Moi j'ai été élevé dans les sentiments, la sensation, la critique et le cynisme. Lui n'a rien de tout ça. « Je t'emmènerai voir des gens que tu ne comprendras pas, tandis qu'eux te connaissent déjà par cœur, petit blanc stéréotypé. Tu ne fais pas honneur à ta race. »

IL EST PLONGÉ, JUSQU'À L'ASPHYXIE, DANS SON LAÏUS

Le don de soi comme une denrée. La fulgurance de mon rapport précis à la moquette, sa douceur. Cette diarrhée prête à jaillir de mon cul… Les herbes bouillantes. Les brûlures horribles mais jouissives. Et là, précisément, le goût d'un mollard plutôt que le creux des fibres folles emmêlées. Je ne donne toujours pas de sens aux instants vécus.

Mimou me scrute en stressant. Je n'ai payé aucune séance. Je fais la route. Je bats le macadam seul, chez lui, sans qu'il puisse toucher, seulement, mon for intérieur. Fort. Le Beauvais gris qui nous entoure n'est que le patelin décor généré par mon fou périple.

Je n'arrête jamais comme ça. «Ta femme, elle revient pas? SSShhh! C'est excitant de parler de ta femme devant toi. Ça fait bander que tu puisses me voir bander. » Et Mimou, c'est comme un ver de terre gluant qui a une tête d'humain mais qui bave comme l'escargot. Sa démarche est chaloupée et son nez est aquilin.

La clé de moi. C'est LA création. La route. La moquette à poil et mes couilles, oui en sueur, et la télé allumée, je vois, à côté. En permanence. Des pensées comme dents. « Et ta femme, elle regarde la télé pendant les séances, Mimou le blaireau ? » C'est long. Je prononce une phrase. Le moment est à l'image.

M'évanouis dans le clash inouï de moi, avec Mimou nu, bite posée sur la cuisse, sa femme télé à fond, moi en souvenir dans tous les festivals de la vie du pays de la ville. Plaid ? C'est du Plaid ce morceau.

Les raisons de mon réveil. J'ai peur. Follement peur d'y passer comme un con. Aller de plus en plus loin. Éloigner les longs lents qui stressent le monde. Allez Mimou je t'aime. Et ta femme cache des K7 VHS de cul derrière le meuble de télé. J'en suis sûr. Comme les hommes d'avant. La colle de mes mots mixe le moelleux du papier recyclé de l'écran allumé.

Ma joue est rouge, presque écarlate de la claque que Mimou, nu – a juste enfilé un caleçon blanc pour camoufler sa queue/merde/ je/bande –, m'a mis dans la gueule par surprise. « Tu parles juste pas de ma femme. »

Je suis allongé par terre sur la moquette. « PRENDS-MOI ! PRENDS-MOI EN PHOTO ! DIFFUSE-MOI COMME UNE COCHONNE À TA MERCI ! »

Je regarde ma montre. Un instant, c'est la puanteur, l'odeur de renfermé dans la pièce qui m'éveille un peu. À cela s'ajoutent les galettes de vomi que j'ai commencé à faire sur la moquette depuis ce matin… ça fait près de deux jours que je suis là. L'expérience semble prendre une tournure inattendue.

Mimou est très souvent absent et m'enferme dans la pièce. Ça me fait peur. Mes jambes et mes bras sont gélatine. Mais il m'est impossible d'échapper à son emprise. À chaque fois qu'il faut avaler les herbes bouillantes, il est là et m'oblige à tout boire, sous la menace d'une barre de fer.

Il n'est pas évident de savoir ce qui se passe. Je regarde par la fenêtre pour faire passer les moments où je reviens à la lucidité. Depuis que je suis entré dans cette chambre, je n'ai pas une vue précise de ce qui m'est arrivé. Quelque chose se trame autour de moi, mais aussi en moi.

Le fait d'être déconnecté du monde extérieur favorise la dislocation du métabolisme psychique (je ne comprends rien à ce que je pense là, précisément). Ma vie a changé en deux jours à peine.

Je joue à la Playstation qu'il a branchée sur une petite télé non reliée à une antenne.

ICI PAS ICI

Je fais quoi. Le café mauvais. Les petits grains qui se sont insinués dans le jus. Le noir du café un peu marron parce que trop d'eau. « Tu rentres ou tu causes ? » Moi et les doudounes, ça a toujours fait deux. J'ai la dégaine d'un Russe suicidaire. Beauvais est de plus en plus froid et gris. Un vent glacial. Presque une sorte de blizzard. « Range tes tunes Ninja, entre et régale-toi. » Il y a des marches à l'infini qui semblent mener aux portes de l'enfer. L'Enfer, boîte à guerre où dansent des types énormes avec des coiffures en brosse et des treillis qui accentuent le bombage de leurs culs. Et moi. Et Mimou qui me pousse fort du bout de l'index.

« Vas donc danser. Mets-toi là au milieu. » C'est étrange le flou des visages qui entourent.

Surkin. Ghetto Obsession 2006. Cette boîte passe une musique ingérable pour un danseur perdu entre/masses musculaires troublantes, menaçantes, dinosauresques. « Range ta gueule, maigrichon, et approche celui-là là. » Il a une tête de Poutine et un corps de mammouth. Il n'a plus de dents devant et durcit sa voix pour me dire « bonjour ». Je ne réponds même pas tellement la peur est dynamite. Plaid. Merde. Morceau Chasend. Je n'invente pas. Ne réfléchis pas. La menace est évidente.

Les herbes provoquent de longues absences. Des images me submergent. Ma verge se dresse pour tout et n'importe quoi. Elle est belle, je joue avec comme avec un de ces trucs de tirette de kermesse. Un serpent en plastoc bien mou… En y plantant les dents, ça fait un petit trou, mais celui-ci se referme aussitôt. Quand j'étais gamin, j'aimais bien mordre des trucs caoutchouteux et regarder la façon particulière que la cicatrice avait de se refermer.

Comme un trou dans la peau. Un trou profond. Dégoûtant et fascinant.

« Oh regarde comme il est beau. » Il n'est pas très beau ce petit métis. A trois mois je crois. Ne sais plus. Pas beau et mou et ses yeux qui tournent dans tous les sens. Putain que ça doit être flippant d'être bébé. Moi ça me rendrait malade de voir mon gosse en flip permanent. Demain j'arrête ça. Mimou est gaga. Moi j'suis sifflé par les images et l'instant à L'Enfer. Sentir son nez craquer comme une vieille planche qui cède. Et réaliser la douleur qui submerge indécemment le reste du corps. Du nez au corps. Du corps au quart de conscience restant.

J'avais réussi à fuir mon monde. Et maintenant j'essaie de fuir cette chambre… Le fait d'avoir but un café seul dans la cuisine m'avait fait du bien. Mais Mimou, apparemment, ne souhaitait pas que je fasse ce que je voulais. Il est comme mon guide, mon

Marshall aussi.

Ça n'était pas du café ce truc marron. « De l'herbe macérée infiniment. » Je reluque le poster de Brel. Quelle gueule ce mec ! Il chantait quoi déjà ?

POUR DORMIR. POUR VIVRE. POUR PARTIR

Dès lors que j'ai commencé à avaler ses herbes, Mimou est parvenu à me sortir de mes angoisses. Malgré la prison/chambre et le purgatoire/Beauvais, je sens que je ne suis plus exactement le même. J'ai moins peur. Je crois bien que j'ai une autre vie.

Il y a trois jours que je suis là. Il m'a laissé sortir de la chambre.

Traîner la corne jaune de mes pieds dans son appartement. Le sol est froid. Interdiction d'aller regarder la télé. Interdiction de porter des vêtements.

Installé sur le canapé, je feuillette le programme de télévision. Josy est installée dans le fauteuil couleur crème et allaite le petit monstre métis, avec ses cheveux épars frisés et sa bouche sans dents. Elle a un gros téton marron boursouflé qui m'écœure mais que je ne peux m'empêcher de mater.

Elle regarde mon corps nu : « C'est chelou c'que vous faites avec

Mimou. Putain j'te connais pas et t'es là, à oilpé devant moi. »

Sur TF1, il y a un tas de programmes impertinents. Des téléfilms et des jeux.

Le bébé fait un bruit de suçon. Il est goulu « comme un petit singe affamé ». Elle me fusille du regard. « Quoi ? T'as dit que c'est un singe mon gosse ? » L'envie de me lever et de leur foutre un tas de baffes à ces deux-là. La porte d'entrée claque. Mimou surgit pratiquement aussitôt. « Il a dit que le petit c'est un singe. » Je fais « non » de la tête. Mais sa main fait une fois de plus «

81

Clac ! » sur ma joue. Et je dégueule sur la table basse du salon. « Quel porc !

Putain ! Vire-le c'bâtard ! »

Mimou m'entraîne dans sa chambre. Lorsqu'il relâche mon oreille, le cartilage craque violemment. Il m'est impossible de stop-per mon flux de questions : « Pourquoi ta femme montre ses nibards avec la webcam ? Est-ce qu'elle est fidèle ? T'es sûr qu'elle est fiable cette femme ? » Mimou me met d'énormes gifles qui me font le même effet que la proue d'un paquebot lancée à tout berzingue sur ma gueule. Les images sont idiotes mais elles sont là, bien là, campant dans mes pensées, sans cesse.

« Là, faut pas qu'on déconne, sale enculé. On va se barrer. C'est l'moment. Il va falloir que tu sortes. Je vais t'apprendre moi… »

LE SEUL VRAI RÊVE EST DE FAIRE DÉGUEULER SON POT D'ÉCHAPPEMENT DANS L'AIR PEU VICIÉ DES CAMPAGNES

Rouler infiniment en tentant de ne jamais regarder sur les côtés, derrière. Ensuite je verrai bien. Je suis fortement décontenancé par ma road expérience/intérieur/galère que je ne contrôle pas. C'est une non-road story bousillée par mon incapacité à planter le décor.

Si le décor. Le parking est couvert de graviers crépitant sous les pneus roulants de ma berline. Ils ont décidé de construire des motels à l'américaine, en pleine cambrousse, sur des étendues herbeuses vers le centre de la France. Je ne sais pas très bien si c'est une bonne idée. Fatigué. La loupiote gesticule de droite à gauche sous l'effet du vent, et sa lueur légère vacille sur le bois pauvre de la porte de la chambre 21. Écrit en lettres d'or.

« Mimou, c'est pourri. » Il me soutient que c'est là que mon espace-temps changera vraiment. Il me tient par les cheveux. Il empoigne ma touffe avec une fermeté contre laquelle je ne peux m'opposer. « Tu marches, tu restes dans la chambre. C'est ici que maintenant nous allons achever ton initiation. »

C'est un Formule 1 ou un Première Classe. C'est nuit et l'humidité d'une pluie épaisse. C'est l'obscurité comme dans les films/thrillers qu'on t'impose à la location dans les Vidéo Futur. C'est la cave où l'on doit toujours aller pour retrouver le chienchien qu'on souhaite sauver absolument. C'est la terreur.

Les jambes pliées sur le canapé, à se caresser le dessous de la plante des pieds pour se calmer un peu. Les yeux ronds, exorbités dans l'écran de télé d'où le film-qui-fait-peur se jette sur nous.

« Détends-toi mon chéri. Nous sommes au cinquième jour de ton initiation. Tu dois me suivre ou je te bute. Tu es venu à moi et moi, maintenant, je vais faire de toi, un vrai bon cow-boy français. »

C'est lorsque j'ai arraché son poster de Brel qu'il a décidé que nous irions faire un tour dans les États-Unis de France avec des cow-boys à l'accent lourd et aux joues rouges. C'est lorsque j'ai considéré que son fils avait une tête de singe qu'il a compris qu'il devait m'éloigner de son foyer conjugal. Nous avons loué une Opel

Vectra puissante et confortable avec toutes les options et ce que je possédais d'économies. Nous avons roulé près de huit heures. J'étais comme un travelo en fin de show, assis là à la place du passager. Mimou nous met en danger. Son attitude, je le sens, le sais, nous mènera direct dans les bras musclés de quelques flics tatillons. Je sais pas, la fatigue et la défonce m'avaient bien creusé les cernes et noirci le contour des yeux. Mes lèvres étaient très rouges. Mes joues anguleuses. Régime moderne réussi/torture…

La chambre n° 21 est plongée dans le noir malgré deux néons orange allumés. La décoration est succincte, classique, belle : un bateau à voile échoué sur le sable pendant la marée basse. Grosse merde. Deux lits simples à peine espacés, des tables de nuit en simili hêtre/ou/je/sais/pas/quoi. Et une salle de bains-chiottes dérisoire. Zzzzzh. Mimou ronfle et mon rasoir électrique crie sur les poils drus de mon menton. J'esthétise le décor. Je le fais à l'américaine. La lumière orange verdâtre. Le côté tuyaux apparents et une forme d'humidité. On voit souvent ça dans les clips ou dans les films français qui tentent de conquérir le marché américain. Des ambiances pourries à la Besson ou à la Jeunet. Ce genre de machins colorés. L'après-rasage ravage essentiellement l'espace de mon double menton naissant. Je focalise. Le courant d'air venu de nulle part.

La baignoire est propre. L'eau a du mal à chauffer. Mimou ronfle de plus belle.

En me tournant, je remarque la plante de ses pieds grise. Ça me dégoûte et me fascine à la fois. Légère érection mal venue. J'enlève le peignoir bleu et m'allonge en boxer sur le dessus-de-lit sans motifs. Jaune pâle. Un instant, je m'amuse à faire des poses sensuelles/parce/que/Justine/vibre/encore/en/moi. Et v'la que j'zappe.

Que j'zappe comme un fou. Que j'zappe. Et j'zappe. Oh la TNT la honte/yen/a/plein. Des clips de R'n'B avec des meufs aux culs bombés et des grosses cylindrées de marques inconnues.

J'ai roulé un joint en piochant dans le gros sac de marijuana de Mimou. J'ai eu beaucoup de mal à rouler. Mes doigts tremblaient intensément et j'étais impatient de m'en mettre plein la tête.

The Streets en fond sonore. Je m'endors après avoir écrasé ce gros joint qui fait tousser.

DES INFUSIONS INFECTES EN PERMANENCE

Il m'a dit de ne plus sortir de la chambre n° 21. Et je lui ai dit que pour être un cow-boy, il faut être dehors et courir avec des chevaux au galop après des vaches avec des cornes énormes qui piquent les cuisses des mecs nuls qui s'approchent trop près. Mimou a dit : « Tu sors pas de la chambre 21. Tu sors jamais de la chambre 21. » Alors la TNT et Canal + et Canal + décalé. Et les clopes. Une infusion vraiment dégueulasse aux herbes shooteuses de face.

Malheureusement pour moi, je sais que je suis totalement ignorant. Devenir un cow-boy est devenu le rêve absolu. Inutile d'y réfléchir plus longtemps. Qu'on le veuille ou non, qu'on appelle ça cow-boy ou body-gard ou winner, je baigne dans le monde de la nécessité impérieuse d'être et de devenir fort, rapide, efficace, sanglant, mais pas sans cœur. Mes yeux plongent dans le vrai monde, l'en-dedans télé, l'extérieur-vie et j'y rencontre ceux qui me dictent autre chose qu'une prudence de looser.

Ils ne mentent pas ceux qui produisent les séries cultes.

C'est brouillon. C'est un beau bordel. Le pelage du cheval si doux. Je le vois bien blanc, à la crinière cascade. Le mors entre les dents, le bruit du métal sur l'émail. Mes mains qui glissent le long de sa croupe de salope de jument… L'envie. Le cow-boy qui remet son chapeau si beau.

J'ai trouvé un minishort dans le sac à dos de Mimou. Ouh le Mimou me cache ses cache-sexes et moi qui ne lui en veux jamais.

Le coquin. L'absent. Et ses caleçons là, alors que des clips bidons encore chient dans l'écran. Ses caleçons. L'idée qu'il puisse porter ce genre de choses sexy pour exciter sa pute de femme. Je ne pense qu'à ça. L'otage est terriblement excité par le preneur d'otage.

L'esclave en rut à chaque contact avec les tissus de son maître. Je mouillerais un stylo Bic avec le capuchon et je l'introduirais dans ses fesses musclées.

Devant le miroir de la salle de bains, je mate mon cul, plutôt petit et enfile le boxer excitant. Me casse encore la gueule et flingue mon crâne sur le bord de la baignoire. Du sang et mon allure de petite salope suicidée dans le miroir. Je me relève en titubant vachement. Je constate que le short est un peu trop ample. Mais large. Suffisamment pour faire de mon cul celui d'une lolita. Lolita ! Dans le caleçon sale du Mimou absent sans doute en train de jouer aux dés avec les cow-boys du coin.

La porte claque. Je sursaute, saute directement dans la baignoire. « Mimou n'entre pas, je suis dans le bain. » Un type. Les cheveux blonds en brosse et aux yeux bleu turquoise. Le Russe. De

L'Enfer. « Je viens dans le bain avec toi. »

Mon cœur s'emballe. « Ah non ! » « Si » de la tête et il se déshabille. « Tu as mis le short ? » « Non » de ma tête. « Si tu l'as mis petit cow-boy.» Youri/comme/dans/les/films/est/ouest est près de moi, les mains sur les hanches. Merde, l'homo bodybuildé !

En sueur et en sursaut. « Oh ! Tu t'es cassé la gueule con ! »

Mimou me soulève courageusement et m'amène jusqu'à mon lit. Le sang. Putain de sang. Et mon corps presque nu. « Tu portes des dessous à moi. Tu n'es pas bien mon vieux. »

Je me sens re-partir. « J'suis un bon cow-boy, Mimou ? » Il n'acquiesce pas encore. C'est dans la voiture qui nous a amenés au motel qu'il m'a tout expliqué : « Tu vas trouver ça couillon, mais le but réel, suprême de mon initiation, c'est de faire de toi un véritable cow-boy français. » Et là je me suis égosillé. J'ai gesticulé. Oh oui ! C'était jubilatoire ! J'allais être un cow-boy ! Les gens du commun trouvent ça sans doute étrange, mais ce n'est pas pire que d'entrer dans une secte ou dans une association qui organise des tournois de bridge. Être un cow-boy avec la tête bien vide. Ne plus jamais penser aux guerres comme ils les disent sans cesse dans les médias. Ne plus avoir à s'angoisser. Ne plus penser aux responsabilités, aux factures, aux lendemains incertains. Ma tête tombe. Les herbes sont si fortes. Inutile de se prendre le crâne.

Terminé les migraines insensées, les cachets rongeurs, le bébé qui braille, la maman qui transpire sous les bras. Je ne dis pas n'importe quoi. Je pense autrement.

Devenir un cow-boy. Cette façon de dire qu'il ferait de moi un cow-boy, sur l'autoroute, juste après Orléans. Lorsqu'il m'a appris ça, je m'en souviens comme si c'était tout de suite, je mangeais des chips goût barbecue. Un goût dégueulasse. Je regardais chaque chips avant de la croquer. Mes pensées erraient de cette façon-là.

C'était presque sain comme approche de l'existence.

«   Tu vas trouver ça couillon, mais le but réel, suprême de mon initiation, c'est de faire de toi un véritable cow-boy français. »

Sa voix était belle lorsqu'il a dit ça. Une voix qui allait bien avec les paysages verts qui défilaient au bord de l'autoroute.

«   Pour réussir à faire de toi ce cow-boy, je t'emmène dans un Far West… Le Far West français… »

On dit que ta vie défile lorsque tu sais que tu vas mourir. On le dit souvent dans les films catastrophes américains ou dans les émissions de santé sur le service public. Je ne suis pas très sûr.

Beauvais s'éloignait et je m'y voyais déjà, sur mon fier destrier, habillé comme John Wayne mais en couleur (c'est comme si tous ces ancêtres du temps des guerres mondiales et de décolonisation avaient vécu leurs existences dans un monde noir et blanc…).

LA MAUVAISE GESTION DE NOS MIGRATIONS

« Ça craint. On reste là. On sort pas de la chambre », lance Mimou avachi sur son lit tout en trifouillant la télécommande. Ouais, la chambre n° 21. Et j'y tourne en rond et j'y bois des thés, des herbes hallucinatoires macérées des heures dans ce gros seau jaune. Merde. La chambre. Les draps qui finissent par sentir la sueur et le cuir chevelu. « Mais quand j'deviens un bon cow-boy moi ? » Il pense et dit que je le fais chier. Mimou m'a emmené ici, dans le Far West de la France. Ironie : c'est le centre. Mon cheval sera un vélo à ce rythme. Mimou se masturbe de plus en plus pour faire passer le temps. Il ne boit jamais d'herbes et se contente de cigarettes, de cafés et de joints faiblement dosés. Ses grands doigts effritent le shit avec beaucoup d'habileté et de délicatesse. Sa concentration est telle et son souffle si léger que je me sens bercé. M'endors parfois en le regardant rouler son splif, ou pire encore, alors qu'il n'a pas encore mouillé le papier.

Il regarde beaucoup les infos et collectionne des articles de journaux sur Bush. Parce qu'il adore Bush et qu'il considère que, face à l'obscurité du monde, il faut un type fort. « Mais tu es noir Mimou ! Bush se fout de la gueule des Noirs ! » Il sourit en coin lorsque je dis ça. Il sourit parce qu'il n'a pas peur et qu'il se fout du racisme. « C'est un mal nécessaire le racisme. Contre le Diable qui se répand partout, il faut lutter et niquer cette merde de terrorisme et ces idées subversives comme le mariage des pédés et l'égalité des sexes. » Si je lui dis qu'il ne fait pas parti des élus du Dieu de Bush, il rétorque : « Si tu choisis le bon chemin, tu arrives toujours à bon port. » J'avale mon breuvage que je trouve succulent parfois. Et je supporte ces reportages en américain, ces enregistrements audio des discours de Bush père et fils. Je cesse de me poser des questions lorsque je suis happé par la défonce.

Nous n'avons pas vraiment de place attitrée. Je m'évanouis et me réveille quelques heures plus tard, à un endroit quelconque de la chambre. Sur le fauteuil. Sur le lit. Par terre. Sur le bureau. N'importe où. Et j'ai maigri. Mes côtes se dessinent distinctement sur ma peau blanchâtre et mes pectoraux ont fondu.

Mimou dit que nous sortirons lorsque tout ira bien. Chaque jour il sort et se balade dans le village voisin. J'imagine le village parce que je ne peux le voir de là où nous sommes. La seule vue donne sur un parking avec les graviers, un bâtiment qui est sans doute le restaurant et une forêt où disparaît la petite route.

L'odeur, je m'y suis habitué. Les enregistrements audio, ça commence à le faire. Mais l'enfermement me monte à la tête, malgré les infusions de Mimou. Et les chutes. Très nombreuses. De plus en plus nombreuses chaque jour. Mon visage est fêlé de partout. Je ne ressemble plus à moi.

Lorsque je suis lucide, je regarde les plaies. J'en ai partout. Des plus ou moins profondes, sur le front, les joues, le crâne, le cou. Des plaies qui ont pu cicatriser et d'autres aux contours rouge vif et à l'intérieur jaune suintant. Des bleus aussi. Et deux dents de devant qui ont sauté sur le bord de la table de nuit, hier soir. Je m'étais assis sur le bord du lit et je venais d'avaler une grosse rasade d'herbes macérées. Cette grosse saloperie de Russe de merde m'est apparue de nouveau... La peur m'a saisi. Je me suis effondré contre la table de nuit… C'était horrible… Le Russe qui ouvrait la braguette et moi qui, tout fébrile, tentais de ramasser les petits éclats de dents éparpillés sur le sol.

LE CHEMIN DANS LE CHEMIN

La rature sur la vie. Les erreurs cumulées. L'égoïsme. Le harcèlement de la pensée et la panse percée par le pic de l'ami/traître. Le cran. L'arrêt. La marche au bord/macadam du chemin cloqué de toutes parts. Le pan de la balle crachée par le canon/pétard du flingue/esprit. Du temps de mes articles foireux, certains se penchaient sur mes écrits, mes pensées écrites, pour me porter préjudice. L'attaque. Les douleurs que l'on vomit sur papier. Les misérables, les êtres/charognards qui dévalisent le ventre des autres.

Néfaste. L'irréfléchi. Les coups de langue drus sur les orteils salés. Et sur la plante jaune de mes pieds. Lécher la peinture du mur. Le papier peint. Lécher nu et noyer les doigts dans le ventre du corps ouvert par les coups. Le cauchemar. Le corps tiré comme celui du serpent luisant sous le soleil qui tape. Se faufiler. Et le corps qui gesticule entre sommier et sol/poussières/en/tonne.

Chants et sifflements seuls et les pieds tirés par la force. « Ton ventre est pas ouvert ? T'es le plus beau cow-boy de l'instant de mon Far West. » Mimou/la/tête/de/Bush mort précipitamment. En bas des escaliers. En pierre.

« Et la maladie s'en ira si je suis un bon cow-boy ?

– Ferme ta gueule taré ! »

Mange un peu les épluchures et les chiures accrochées au bord de la cuvette émaillée des chiottes. La pression remonte. Mon esprit s'affole. Des images. Je sais que nous serons traqués. Des images sans cesse, en succession. Nous serons traqués. « Réveille-toi ! On se barre ! File ta carte bleue ! » Nous courons vite et moi pieds nus, avec Mimou qui a peur, sur le chemin et dans les bois au sol/terreau trempé ou tourbe je dirais ou encore des petites branches pointues qui percent la peau. Et courons. C'est fatiguant en caleçon cette nuit.

Lit. Froissé. Mes paupières ouvertes avec explosifs du réveil. « Il est 17 h . Réveille-toi. Mange un peu. Lave-toi. Ensuite je t'apporterai une pute. »

Mimou est gentil.

Il y a des choses sales que l'on fait sans remords.

La bête est folle. J'ai enfilé un costume en velours bordeaux. Doux. Et une cravate bleue. Des baskets, les seules que je possède dans mon désormais/chez/moi n° 21. « T'as l'air con putain ! Fous-toi en calbute. On va pas y passer des heures. Ça douille ! »

Une fille chétive, en minijupe et bas résille, entre. Elle a les guiboles en forme de X et un maquillage horrible. Je l'attrape tout de suite par son os du bras et l'attire sur le plumard. « Oh putain ! Ouais ! Putain ! Ouais, elle est bonne la pute ! » Et je pleure illico. « Je peux pas, merde. » Elle a l'air encore plus tarée que moi, avec le pli violacé de son bras maigre. « Ça me fait pas bander les junkies. » Elle tente un sourire, un sourire qui m'offre une vue imprenable sur une dentition jaunie.

« J'm'appelle Sonia… J'te fais tout c'que tu voudras. » Mimou est planté là, près du lit avec les mains sur les hanches.

« Tu peux pas me laisser tranquille avec la pute ?

– J'm'appellleee Sonia. Pas pute… J'm'appelle Soni… »

Il sort après avoir soupiré et balancé un « grouille-toi » nerveux. Long. On ne bouge pas. « Tu veux prendre un bain avec moi ? » Elle a un fort accent des pays de l'Est (on ne distingue jamais les pays de l'Est avec l'accent).

« Ton truc, c'est la baise dans le bain ? » Elle me tripote la peau molle de mes couilles. Je la regarde faire en dandinant un peu de la tête, et en bouffant des bouts de chips qui gisent dans les plis du drap.

Dans le bain, finalement, après avoir été surpris et dégoûté par son corps ignoble d'anorexique, nous commençons à rire en faisant clapoter la paume de nos mains sur la surface de l'eau.

« C'EST LE TSUNAMI ! »

Elle rit aux éclats. « Je sais pas Sonia, mais je peux pas baiser des putes. J'ai jamais payé pour ça. En plus t'as l'air toute gentille… Et moi aussi. Je suis gentille. Dans le bain, appelle-moi Justine. »

J'ai bien conscience, un instant, que nous sommes des tarés.

Mais nous nous sentons bien comme ça dans la salle de bains, avec ce courant d'air venu de nulle part. On fait clapoter. Et je lui raconte ma vie maintenant. « Dans le bain, je suis Justine. C'est ma femme. Et je suis elle et elle c'est l'eau. »

Elle rit aux éclats.

«   Et en dehors de la baignoire, dans le reste de la chambre, je suis un cow-boy… Enfin pas vraiment un cow-boy tout court. Je suis un cow-boy apprenti. Et mon chef, c'est Mimou. »

Elle s'esclaffe de plus belle. Un instant. L'instant juste avant de voir surgir Mimou dans la pièce, attraper Sonia et la mettre bruyamment dehors.

«   Je peux finir de prendre mon bain, Mimou ? »

Il est adossé à l'encadrement de la porte. « J'ai acheté un ordinateur portable avec ta carte. J'en avais besoin pour pouvoir stocker les discours de George Junior. Je crois qu'il est en passe de faire une connerie. Il veut se défiler de l'Irak. J'aime pas ça. Les cow-boys, ça se défile pas. Tu te défileras pas, toi. »

Le courant d'air me fait frissonner. Je m'enfonce dans le bain chaud. Le liquide des femmes m'enveloppe. Je crois.

« L'ALIÈNE »

Ça tape dru au pays des nouveaux esclavagistes. Ça frappe bien, bien fort, sévère à la matraque, à la trique, aux trucs qui déchargent électrique la haine des bras armés du p'tit cash de l'intérieur.

Ça salive à l'idée/élections d'engendrer la sélection en moyen costaud de bousiller République et principes de République et vie de République. Ça sélectionne à la frontière, ça discrimine positif et ça sans-papiers.

Puis ça aboie le cash baveur de l'intérieur, ça gesticule, ça mandibule sur les paumés des quartiers dits chauds. « Si t'aime pas ta case, t'as qu'à quitter ta case. » Le cash-dé-neuroné de l'intérieur promet aux Blancs une lutte infinie, la sécurité, la répression, la prison, l'ordre, le travail, la famille et la patrie. Le cash cracheur de l'intérieur a réactualisé l'esclavage et autorise les

Blancs à se servir dans les cales des navires charters, des pays-pestifères, des continents serviables.

Ses bureaux et ses flingues flambant neufs sont largement financés par ceux qui le haïssent. Le cash suceur de nazis de l'intérieur n'en a cure et pompe le fric de ses propres ennemis. C'est clair il trime, il clearstream. Et éclaircit les cimes des monuments-République construits pour accueillir fièrement ses récents ancêtres.

Mais le cash-chieur de l'intérieur se fout de sa propre descendance. Il crée, chie, vomit les lois d'un état néo-esclavagiste, préfasciste et lance à qui doit l'entendre : « Je suis l'avenir, votre Apocalypse tant attendue. »

La chaîne accrochée solidement à sa cheville, mon ami Mimou gît on the floor, la tempe bleu-rouge cassée par la crosse du flingue d'un flic. Le cash danger de l'intérieur sourit dans l'écran de télé et promet un avenir meilleur dans son pays forteresse.

C'est la première fois. Me suis pissé dessus abondamment. Mimou est en train de prendre sa douche. Je vois son cul musclé caressé par des cascades d'eau.

Fais du fun avec pas grand-chose.

La pêche. Le clan des ouvriers portant lamentablement leurs charges jusqu'aux ateliers. Et je les regarde de mon 4x4, un portable imaginaire vissé à l'oreille gauche dans une pose intelligente que j'affectionne. Faux. Cette phrase est fausse ! Est fausse ! Reprends. J'affectionne ces ouvriers qui bossent encore. Il y en a peu en France et pourtant ceux-là sont à la tâche. C'est une forme d'anachronisme. Mais c'est sympa. Mimou confirme : « Faut vraiment être con pour trimer comme des dingues comme ça. »

Oui. « Tu préfères pomper mes tunes », dis-je, laconique. D'une baffe virile il me relève du marchepied du 4x4, putain, que j'ai loué à l'occasion de ma première sortie de la chambre n° 21. Soleil.

Il a dit « Soleil » alors « On sort ». Et sans hésiter j'ai viré mon tee-shirt couvert de vomi et me suis habillé pour prendre l'air. « J'ai bousillé la bagnole. Il faut en louer une autre. » Il magouille Mimou, se démerde et m'emmerde avec mon nom sur les formulaires de location. Mon nez craque encore de la baffe puissante.

Nous avons loué un Grand Cherokee de Jeep, comme dans le Far West. Mimou m'a laissé conduire lorsque nous nous sommes approchés des volcans. C'était si beau. Et fièrement j'ai manipulé la bête encore étourdi par les herbes macérées, l'enfermement et la télé.

Le but était de prendre un grand bol d'air dans le Massif central. Au passage, nous avons vu ces types qui faisaient la chaîne pour se passer des gros sacs de ciment. Des ouvriers, comme on n'en fait plus. J'ai ralenti. Je me suis arrêté pour qu'on puisse les regarder. On les matait comme des touristes ébahis par un troupeau de zèbres gambadant dans la fausse savane d'un parc animalier. Je voyais clairement que Mimou était interloqué par ces mecs qui bossaient vraiment dur. Il ne pouvait pas dégager son regard de ces types.

Quand nous avons redémarré, il s'est tu. Nous avions le soleil en plein visage. Des champs d'herbes fraîches étaient broutés par des chevaux/des/beaux/des/puissants. Mieux, un buisson se mit à rouler au milieu de la route… Une image d'absolu.

Dans le 4x4 à la place du passager et je saigne un peu du nez. « Tu rentres à la chambre. » Je me demande quand je serai un vrai grand cow-boy et quand il daignera accepter mes compétences en la matière. Les ouvriers disparaissent dans la petite usine et nous roulons sans parler. Et je vomis par la fenêtre. Et me pince la cuisse pour retenir la diarrhée qui se précipite contre mon sphincter. Le soleil abîme mes yeux. La chaussée mouillée favorise une réverbération de la lumière solaire. C'est agaçant. Mimou manque de rouler sur la voie de gauche avant de donner un vif coup de volant vers la droite. « Souviens-toi du buisson qui roulait au milieu de la route… c'est ça ton Far West mon chéri. » Je suis ému. Aux anges. J'ai l'impression que ça y est, cette fois, nous allons galoper côte à côte dans les prairies. Merde ! L'envie de me chier dessus. De dégueuler en même temps. Je m'aperçois que ce n'est pas moi qui conduis.

Retour. À case départ.

Dans la chambre, la femme de ménage est passée. A laissé un message sur un morceau de papier : « Jé pas pu fère la sale de bin tro sal. » J'ai honte. J'ai conscience de ça. J'allume la télé et

Mimou s'est barré avec le 4x4. J'avale une tasse d'herbes macérées froide.

C'est un peu plus dégueulasse que chaud, mais plus efficace. Et je vomis directement sur mes cuisses nues. Mon pantalon est déjà planqué dans la valise sous le lit. Et j'avale une autre tasse. Et découvre un autre petit mot de la femme de ménage : « Vou navé pas le droit de fère choffé des choz dans la chambre mersi. »

J'avale une troisième tasse. Et le visage du Russe sodomite se matérialise dans l'écran de télévision.

Mimou a besoin de mon argent pour faire de moi un bon cow-boy. Je le sais. Mais il ne doit pas me laisser avec le Russe qui sort sa sale gueule de pédé de l'écran de télé.

COMME ÉTOUFFÉ DANS L'AMOUR D'UN AUTRE ?

Le retour dans la chambre n° 21, c'est un peu comme étouffer dans l'amour d'un autre. C'est disparaître dans le cœur d'un chien, d'une femme, d'un gosse, de parents aimants. Merde ! C'est mourir. C'est le retour à l'obscur de mon âme baignée dans les herbes macérées. C'est vomir sans fin, se bousiller la gueule sur les coins de meubles, de lavabo, de lit. S'ouvrir et se ré-ouvrir les plaies du visage.

C'est aussi rentrer dans le bocal et s'agripper à son nombril, son « j'oublie que je ne suis qu'une merde d'Occidental ». Et Mimou me le rappelle à chacun de ses retours. « J'ai dû faire des dépenses. Mais il reste du fric sur ton compte mon gars. T'inquiète. » Je reconnecte. Déconnecte. Avale une tasse dans le bain où j'ai omis de faire couler l'eau. Nu dans le bain avec cette grande pute maghrébine élancée et souriante. « Tu aimes les filles comme moi ? » J'en sais rien. Je lutte contre les hallucinations et les crises de nerfs intempestives. « Mon sexe fait des siennes. Il lui arrive de se dresser devant une chaise. Et se casser la gueule devant une beauté comme toi. » C'est la seconde pute qu'il me paie. La seconde, la galère. Je ne sais pourquoi j'insiste pour partager le bain avec ce genre de fille. Mon seul contact féminin. Mon approche féminine des relations sans doute. Je lui dis que je suis une femme aussi, parfois…

On fait clapoter la surface de l'eau/avec/un/peu/de/mousse avec la paume de nos mains. Elle me dit que je suis cinglé. Je lui réponds : « C'est ma façon à moi d'être perdu. » Je le dis comme si j'étais elle. L'eau. Comme si nous étions fusion.

Comprenant que ça n'irait pas beaucoup plus loin tous les deux, elle sort du bain, son corps est plein de grosses cascades de flotte mousseuse. Son corps est osseux. Sa peau marron brille. Ça ne me plaît pas.

À mon tour, je sors du bain. Essuie mon corps. Ne vomis pas. Évite de me regarder dans le miroir.

Je les entends roucouler, s'égosiller un peu, et puis grogner comme des cochons. M'effondre lamentablement sur mon lit, sans les regarder.

Je tente de me relever, péniblement. Les yeux fermés. Et j'entends un murmure. Celui de la pute à Mimou : « Il ne m'a rien fait ce sale con. Il est presque mort. »

Je m'écroule.

T'ES UN BON COW-BOY MON POTE

La grandeur en décomposé. Les tournois de soi contre soi en face d'un miroir sale. Trop sale. Et les valises faites au quart de tour. « On doit trouver un moyen. Y a plus d'argent sur ton compte. » Il renifle fort Mimou. Il est nerveux et cherche à se sortir de la merde dans laquelle il baigne.

« On devait rendre la bagnole il y a deux jours. Et j'ai fait un chèque en bois. Donc il faut partir d'ici. Tu sais. T'es un bon cow-boy mon pote. Faut aller voir quelqu'un que tu connais bien pour avoir du fric. Pour que je puisse acheter tes herbes préférées et reconstruire le chemin des gardiens de bêtes. Et aussi se payer des filles pour prendre le bain avec si tu veux. On est des cow-boys hein ? » Ça me réjouit. Des choses comme ça me réveillent le cœur.

Ça m'ouvre le champ infini de l'espoir. Être le plus grand. Être le Billy the Kid de maintenant, d'aujourd'hui – c'est celui que je préfère, on peut pas préférer un autre parce que c'est le plus grand des plus fascinants –, ça m'offre un avenir. Le bon. « Tu ne deviens pas fou, non. Tu deviens celui que tu as toujours voulu être. Il ne faut pas te laisser influencer par la société et tous ces enculés de flics de bien-pensants, tes putains de parents. »

Nous avons quitté la chambre n° 21, ma maison-prison, vers 7 h... Sans payer. Mimou a balancé le 4x4 dans une rivière, puis nous sommes allés, à pieds, avec nos sacs, aux abords d'une ferme isolée. Il y avait des bruits de cochons, de poules, des sensations de lapins et des odeurs de bouzes.

« J'ai repéré cette bagnole l'autre jour en passant. J'avais des trucs à faire par ici. J'ai pas arrêté de bosser pendant que tu te la coulais douce dans la chambre. »

On est accroupis derrière un buisson trempé à regarder les allers et venues d'une grosse dame en tablier bleu. « J'ai cherché à faire au mieux pour favoriser ton apprentissage. » Il est impossible de comprendre de quoi il parle au juste. Les yeux sont fixés/fusil sur la paysanne qui jette des graines à des poules noires hideuses.

« Elle a un 4x4 qu'on va prendre. Il est tout dégueulasse, mais c'est un vrai 4x4 américain. C'est un Cherokee aussi, tu vois, j'adore… Bon faudra aller à la station-service pour passer un coup d'jet sur toute cette crotte. » Il chuchote sensuel.

En rampant, il s'approche. Je le suis et prends soin de ne pas écraser de brindilles. C'est comme une ennemie. Nous devons faire en sorte qu'elle ne nous repère pas. Elle parle à ses poules cette folle. Elle leur dit des trucs hallucinants, et ça nous déconcentre un peu. On se regarde en riant, en retenant le fou rire. Puis on avance, le ventre râpé par les gravillons, les bouts de bois, la terre en paquet. Elle : « Allez les petites, on va pas se faire avoir… On va r'garder dans l'ciel tous les soirs et on les verra venir quand i s'y attendront le moins. Ahh ! Les salauds ! Y zont cru seulement qu'on les laisserait faire ! Ah oui mes p'tites poulettes, on va les za'oir. » Elle a un cul gigantesque qu'elle nous offre allègrement à la vue. Un cul/continent, et des jambes étonnantes, pleines de graisse, de muscles, de cellulite et de vergetures violacées. On se retient de rire, et presque de vomir…

Il pleut sur nous. Si quelqu'un se pointe, il nous verra là, allongés, à cinq mètres à peine du derche de cette folle furieuse. Une poule me picore le cul un instant avant de repartir. Et Mimou se lève avec les mains en l'air, les doigts crochus à la Nosferatu et les coudes pliés comme les pattes de coq.

Mimou l'a empêchée de nuire en lui enfonçant la tête dans une bouze. Ça en était si drôle, tellement hilarant. Je ne sais pas si elle est décédée. En tout cas elle était bien incapable de gesticuler son gros corps...

NON LOIN DE TROYES

J'ai souvent rêvé mon père mort. On est assis à la table de sa cuisine avec un café chaud là et la nappe jaune, les vieux meubles à quelques pas de Troyes. Saleté de ville. Région de merde où j'aurais pu crever. Nous avons pris le 4x4 et nous sommes allés le laver. Il rutilait ensuite, pour faire la route.

Le chauffage/confort et une cassette de country music que

Mimou a volé à la station BP, sur l'autoroute (la highway, il dit, et il dit la road pour les routes et les canyons pour les ravins...). En **buvant le café à 1** ⬚, j'appréciais les articles en vente... Des livres surtout, des livres pleins de photos, des romans qui cartonnent, des trucs à l'eau de rose, des histoires/polars à dormir debout, des bouquins carton pour les enfants/pleins/de/couleurs, et puis du maquillage, des sandwichs triangulaires, des sachets de salade, des jus d'orange bio dans des bidons opaques blancs, des revues féminines avec des femmes à la peau or retouchées Photoshop, des magazines de bagnoles/carrosseries/rouges/noires. Des cartes de France. D'Europe. Du Périgord et d'Alsace. Des porte-clefs en plastique/qui/brillent/comme/l'argent. Des babioles, des peluches, des boîtes à cigares, etc. Un monde. Le monde. L'ère d'autoroute qui fascine les hommes et les femmes d'aujourd'hui. On y fait la queue chez les dames/les/chiottes. On fait pipi sur le pipi des autres aux toilettes/les/hommes. Le bruit de la soufflerie/sèche/mains, les gosses qui braillent, le gargouillis des doigts qu'on savonne. L'aire d'autoroute. Les camions alignés, les gens qui mangent des sandwichs/goût/du/frigo/sur/le/jambon emballés dans du papier d'aluminium (« merde j'en ai mangé un p'tit bout »).

Il ne faisait pas beau. J'ai vu Mimou sortir la cassette de country dès qu'il s'est engagé sur l'autoroute. « Ah là ! Tu vas adorer ! »

On s'est mis à chanter à tue-tête. On hurlait. On était content (happy, il dit aussi Mimou depuis deux jours). Comme si, tout d'un coup, nous revivions vraiment. J'ai vomi à deux reprises, par la fenêtre… J'ai avalé une dizaine de gorgées d'herbes macérées froides dans la gourde. Puis la joie est retombée lorsque nous sommes arrivés aux abords de Troyes. La campagne. Le village où mes parents ont choisi de s'enterrer.

« T'es sûr qu'il faut qu'on fasse ça ? Mon père n'acceptera jamais. »

Plutôt que de leur passer un coup de téléphone, nous avons préféré arriver à l'improviste. Ma tête était prête à exploser. Toutes ces herbes. Le mal de la route. La country en boucle. Rien n'allait plus. Mon père/absence. Mon père/substance/souvenir.

Je me suis engagé avant Mimou dans l'allée en ardoise. Quand j'étais enfant, je faisais comme tous les enfants. J'essayais.

J'évitais le vide, l'au-delà des dalles. Je tentais de rester sur le chemin, ne pas toucher les jointures.

La sonnette est en panne. Les flash-back en permanence. Comme revivre plusieurs fois, de façon différente, une même situation. Ma tête tourne. La porte s'entrouvre. Son visage puissant, et sa peau vieillie. « Maman. » Elle me prend dans ses bras. Me sert contre elle. Je m'écarte. « Voici Mimou, un ami. » Elle se crispe. Les gens « de couleur » ne sont pas forcément les bienvenus chez mes parents/les/Blancs/pas/racistes/mais/quand/même/ces/gens-là.

«   Tu sens mauvais mon fils. » Comme si les douches pouvaient résoudre le problème des héros. « Je suis un héros papa tu sais. Enfin presque. Et pour être un héros papa, il me faut un peu d'argent. »

On boit le café. Je sens que ma mère est furieuse de ne pouvoir montrer sa joie de me revoir. Elle veut tenir son rang. Faire celle qui a des principes, des règles. Qu'il ne faut pas en démordre. Elle m'en veut de les avoir si peu contactés. Elle ne comprend pas ce qu'elle a fait pour « mériter ça ». Je n'en sais rien en fait. Je la regarde, les bras croisés à me détailler. Elle se dit sans doute des choses bizarres. Mon visage plein de croûtes, de bosses, des bleus. Mes dents cassées. Mes cheveux secs et épars à certains endroits. Elle sait, sans doute, que je suis un zombie, que mon objectif de vie n'est plus en phase avec ce qu'une mère rêve pour son gosse.

Mon père est silencieux. Assis face à nous, la tête penchée en avant, comme si son crâne était trop lourd à porter. Le grand flic, le commissaire intransigeant, est là, avachi, en fin de vie… Presque grotesque.

Papa a une tête pleine de barbe et de cheveux poivre et sel.

Pellicules et gras. Il sent encore l'alcool, la dépression, les coups forts plombant la mâchoire de maman. « Tu pues papa. Donne-moi la chance de devenir honorable et digne. File-moi du fric. »

Mimou ne dit rien. Il avale son café en faisant des bruits bizarres avec sa bouche/grande/sensuelle. Papa s'est levé et se tient contre le mur. « Sale petit con ! De quoi tu parles ? » Il est comme ça le papa de 62 ans, l'œil ventriloque qui soupire des insultes aux hommes. « Je suis un cow-boy. Presque un grand cow-boy. Mais Mimou et moi on veut un peu d'argent pour achever mon bel apprentissage. »

Papa a les yeux manèges dans les orbites et se gratte le cul.

« T'es qu'un pédé, fils. Un sale pédé, qui baise avec un Nègre de merde ! » Ses deux poings en l'air et sa tête qui chute sec vers l'avant. Et le tranchant de la pelle qui revient aussi vite sectionner la nuque, la colonne avant même que son corps entier n'ait touché le sol.

Mimou. La force immense élancée. Corps élancé devant corps effondré de papa/dans/son/sang. « Tu veux que j'le baise mort ? »

Je suis figé. J'ai l'impression de me réveiller d'une longue nuit et constate l'horreur. Mon père pété en trois ou quatre. La pelle plantée définitivement dans le bas de son dos. Les bruits de bulles de sang qui éclatent. Et la télé, Les chiffres et les lettres modernisés. Les rideaux gris. L'horloge tic tac. Mimou tendu, près à l'exploit sexuel.

Ma mère est accroupie à mimer une crise de nerfs, incapable de faire sortir le moindre son de sa bouche pâteuse. Elle, accroupie, le visage entre les mains… Les yeux grands ouverts, très rouges, très étranges. J'essaie désespérément de me planquer dans moi, dans des pensées, des images de futur ou des trucs étranges, ou des moutons qui sautent une barrière. J'essaie de sortir de la cuisine, via l'en-moi… Pour finalement hurler. Le cri d'une bête féminine… Le fac-similé cinglé de ma propre mère. Mimou sourit sadique et plante un long couteau dans le restant de ma mère… Qui… s'écroule dans la pièce d'à côté après avoir couru en tout sens, tel un poulet qu'on décapite.

Alors je me rendors. Tout de suite. C'est beau assis là au sol mes fesses et mes jambes croisées. Et la tasse que me tend mon grand vrai cow-boy. Ça sent la viande. Ça sent le sang de mon père qui s'écoule jusqu'à moi. Ça sent vraiment la viande, comme au rayon boucherie du centre Leclerc où je faisais mes courses vivant.

Des bruits, des « on fouille », des « on cherche l'argent le plus important ».

« T'as déjà fait ça avant ?

– Quoi ?

– Tuer un homme ?

— Bien sûr. Tu sais que je suis le cow-boy. Le vrai. Celui qui t'emmène au paradis… Allez. Lève-toi maintenant. J'ai tout ce qu'il faut. On se casse. »

On ne nettoie pas. Dans la voiture je fume le joint et je plane. Je tripe bien. Par exemple, je vois la tête de mon papa qui se balade dans des nuages bleus trop à la con. Et je m'endors. Et me réveille. Je n'ai pas envie de manger ni de regarder les routes défiler.

« On va où mon Mimou ?

— On va dans un motel du Far West mon ami. Ensuite tu réfléchiras à un nouveau filon.

— Quoi ?

— Oui ton père c'était la petite mine d'or qu'on a exploitée à fond.

— Ah ouais c'est vrai… C'est bien vu ça… Il faisait bien noir dans cette mine… Non ?

— Nan ! »

Et on rit en roulant droit devant. De nouveau. On est sur la highway française n° 5 et on se sent libres, les boss, remplis de musique country et de fierté.

LA ROUTE EST CONNE

La route est conne. À traverser la France en long, en large et en traviole, les rides, ces cicatrices qui sillonnent mon visage, se sont creusées rapidement. Nous avons quitté Beauvais il y a trois semaines et nous ne parlons presque pas.

Nous dormons parfois dans des motels, mais très souvent,

Mimou s'installe à l'arrière de la voiture, tandis que je me recroqueville au-dessus du levier de vitesses/Sodome/dans/mes/rêves. C'est délicieux maintenant de croiser le Russe et sa grosse bite prête à m'enculer. Le cauchemar devient le rêve. Le cow-boy chevauché par un ch'val.

Après avoir ravagé mes parents pour leur argent, Mimou a senti qu'il était temps de retourner à Beauvais. Il a dit, de sa voix rocailleuse à la Rod Steward (il a toujours cette voix quand il fume trop) : « Il faut faire une pause mon p'tit gars. Les cow-boys doivent retourner au bercail… Le troupeau de vaches à la con est passé à l'abattoir, faut s'reposer au coin du feu vieux. » C'est comme ça que nous retournons à Beauvais, auprès de sa bonne femme et de son nabot. J'entends Mimou parler à cette conne, au travers de la porte : « J'ai réussi à trouver tout le pognon nécessaire pour t'offrir une baraque comme tu l'as rêvée, ma p'tite love. » Le scénario de notre western se fait plus récit dans ma gueule de défoncé.

LE NOEUD DES PROBLÈMES

Mimou a mal dormi. Il m'a fait peur avec ces morceaux marron collés à ses joues. En cette saison, nous avons encore et toujours froid. Nous frissonnons d'être complètement perdus. Dans mes yeux, le cadavre fumant brûlant de papa sans sous. Et maman aussi. J'ai dormi directement sur la moquette de la chambre. Elle sent si fort le pied sale.

Je sens la glace. J'en ai avalé de la glace à la vanille pour faire passer le goût de l'herbe qui a trop macéré. Et je ris vraiment comme un con. Mimou pleure. « Ma femme me manque. » Sa femme est pourtant là, dans la cuisine, à tripoter une pâte à pizza, du jambon, des champignons et à râler sans fin. « Tu as un enfant Mimou ! Le bébé ira mal sans son papa ! Tu m'entends ?! »

Mimou n'entend pas et scrute les morceaux marron collés à ses joues. Ça le fait rire et je sens qu'il décroche. Moi je raccroche.

J'avale une tasse d'herbes macérées qui emporte le goût salvateur de la glace à la vanille. « Il est où le Far West? »

LES PHRASES FRACASSÉES

Avec tout le pognon qu'il a volé à mes parents, ainsi que le recel des bijoux de ma mère, il s'est permis de « louer » ce taudis, cette maison paumée avec un lopin de terre. Il dit parfois « emprunter » ou « récupérer ». Il dit aussi « empreinter » comme pour signifier que nous nous « signalons », que nous laissons des empreintes, des traces, de l'ADN partout. Il dit que nous serons signalés à toutes les autorités si nous vivons et payons n'importe où, avec nos cartes bleues, avec nos chèques, avec nos cartes Vitale, avec nos cartes de crédits... Il dit que nous sommes surveillés, que les cow-boys sont inacceptables. Il dit que nous risquons à tout moment d'être les victimes du monde/maintenant. Il dit tant de choses Mimou. Il m'a aussi acheté un chapeau de cow-boy et m'a montré comment il fallait procéder pour réussir à casser le cou d'un quidam.

C'est ce qu'il m'a dit. « J'ai acheté cash la maison à un vieux con. » Le vieux se traînait dans la petite cour de devant, un jour. Puis le lendemain, il n'y était plus. « Je croyais que tu l'avais louée, cette maison ! » Il ne rit pas avec ces choses-là. Du haut de ses 1 m 92, il me regarde avec dédain. « J'ai dit "acheté". Finalement. »

Nous avons investi l'endroit avec toute la famille, comme si nous avions acquis une villa sur quelques îles caribéennes. On s'est fait des clins d'œil avec Josy. Le petit était curieux de tout. Ça sentait la viande, la naphtaline et la poussière dans cette grande maison à nous seulement. À nous. Au rez-de-chaussée, il y a la salle de bains, très ancienne, les toilettes, le couloir en carrelage des années 40 (ce sont des carreaux blanc cassé et marron alternés), une grande cuisine avec des placards, des fourneaux à fioul et un frigo des années 60. Puis le salon/salle à manger avec les tapis persans, les grosses armoires et vieille télé avec les boutons que l'on tourne.

À l'étage, il y a quatre chambres avec de gros lits à gros duvets, des photos noir et blanc d'hommes en uniforme de soldat de la Première Guerre mondiale. Des tapis encore. Des meubles cossus. Etc. Le grenier… Où je ne mets pas les pieds. La cave où je stocke les légumes. Une voiture, une Mazda bleue est garée là, toute poussiéreuse entre les cannes à pêche, les pelles, les pioches, les bêches, les outils et la tuyauterie. Mais surtout, surtout, surtout, un hectare de terres arables. La possibilité de cultiver, de fournir toute la famille en nourriture.

« T'as tué mon père et ma mère pour du fric connard, non ? » La phrase reste coincée dans ma bouche. Ma bouche est pleine de ces phrases guerrières violentes, cette envie puissante de gueuler sur

Mimou. Mimou, la plante de ses pieds jaunes, merde c'est dégueu-lasse. Je suis son chien. Son esclave. Je sens bien que je suis sa chose. Il me fait récurer le sol de sa chambre et m'ordonne de nettoyer les chiottes. « Il est où ton putain de Far West sale fils de pute ! » La phrase vient rejoindre les autres pour obstruer un peu plus ma bouche. Entre langue et palais. La gorge séchée par la prononciation interne. «Oui Mimou j'vais faire la vaisselle.» Sa femme me caresse le cul discrétos/gratos et me fait frissonner d'la bite. «J'vais te sucer ce soir sale Blanc. » J'exulte. Les herbes macérées ont lessivé mon estomac et mes intestins. Je cours aux chiottes, bordel quelle chiasse! C'est de l'eau verte ma merde. C'est un torrent puis un goutte-à-goutte. Puis un rouleau entier pour m'essuyer le cul pendant que les douleurs ignobles continuent de tordre mon bide. J'en bave. J'en râle. «Sors de là cow-boy, faut qu'je pisse pouilleux. » Je tourne verrou et me «décharge» la tronche pour reprendre l'apparence du type qui ne souffre pas. «C'est bon vas-y.» C'est reparti. Je descends à la cave. Cette maison vieille a la peinture qui s'effrite et les murs qui suintent l'humidité.

Ils ont entassé des sacs de pommes de terre, de patates douces, de haricots séchés et du riz. Culbuté violemment sur le monticule de navets violets par madame la pute de Mimou. « Sale Blanc !

Montre-moi ta bite de Blanc ! Allez t'es à moi ! Fais c'que j'te dis où j'raconte à Mimou que tu m'fais du gringue salopard. »

Je sors mon sexe déjà ferme. « Ah ouais putain ! » Ma tête bascule en arrière, la nuque en sueur. Je laisse accomplir la pipe royale en oubliant les douleurs dans le ventre et les navets dans le cul. J'en « fou ris » ! « Oh putain d'bordel de merde d'enculés d'maîtres ! » La phrase sort cette fois fort, trop fort, au point qu'elle se lève « à l'arrache » pour s'essuyer la bouche et de me ranger la queue/la/coincer/dans/la/braguette dans la précipitation. Mimou.

Ssssh... Mimou posté là devant nous. « Alors tu baisais ma femme enculé ? »

Je jaunis, je crois. Je pense que je vais mourir et je fais défiler ma vie comme ça, devant mes yeux. Ma naissance, ma gueule qui sort du vagin ensanglanté et gluant, l'infirmière qui m'essuie après avoir coupé l'cordon. Mon père qui retient ses larmes comme un con. Ses grosses paluches poilues qui m'enserrent. « Il est si beau ! » Ses gros doigts et l'acier chirurgical pour sectionner le cordon ombilical. Les souvenirs de défonce par la suite. Des soirées à la colle sniffée dans la chambre. À 8 ans avec cette fille plus vieille. « Allez essaie ! »

Mimou rit très fort ! Putain j'ai mal à la bite et les douleurs ignobles du ventre ressurgissent au centuple. Mon anus coule dans mon froc. Elle lui dit : « T'es trop ! Ton pote, c'est qu'un sale débris dégueulasse. Même s'il était propre, il ferait pas mouiller une none. »

Elle refait sa queue de cheval et remonte là-haut. Elle me laisse avec Mimou. « Tant que tu es là, il faudra remettre de l'ordre ici mon coco. Regarde, le tas de navets est répandu. Faut y remettre de l'ordre. Hein mon coco ? Ensuite tu remontes et tu bois mon thé magique. »

C'est un peu comme si j'étais dans un cachot. J'ai de moins en moins d'hallucinations, tout du moins dois-je absorber bien plus d'herbes qu'auparavant pour me sentir bien.

Après ces deux semaines passées à Beauvais, dans cette maison pathétique, je sais que nous allons repartir à la conquête des étendues vierges de notre Far West français. Et Mimou de rajouter une fois parvenu en haut des escaliers : « On n'a plus d'fric, va falloir en trouver… On ira voir tes grands-parents avant de reprendre la conquête. » Espèce de gros enculé. Faut que je boive mon breuvage idéal.

Je passe l'après-midi à entretenir le jardin. L'important, ce sont les poireaux et les oignons. Mes doigts puent longtemps lorsque je les arrache. Je les mets dans de gros sacs en toile grise qu'il faut ensuite stocker dans la cave. Je vois Mimou, presque toute la journée, au chaud, qui me scrute de la grande fenêtre du salon. Tout en regardant la télé, en baisant sa femme, ou en jouant avec le gamin, il m'espionne, espiègle, il juge de ce que je fais, scrute mes moindres gestes. Nous avons convenu que ma formation atteindrait un paroxysme si j'étais capable de vivre en autarcie. Cultiver. Peut-être vendre des surplus de légumes sur le marché. Manger et préparer pour toute la famille. La douce famille/Far/West de mon Mimou. Élever des animaux aussi. Des lapins. Voler une vache ou deux chez ces cons de voisins paysans.

Si le temps s'est arrêté. Si je semble vivre mille vies d'affilée, depuis que je suis son enseignement, c'est parce que le temps s'est effectivement arrêté. L'ambiance est grise. Le soleil est planqué. Mes doigts gèlent au contact de la terre froide et mouillée.

J'AI DES SOUVENIRS D'HOMMES ROUGES

La face teintée crépuscule. Le néant. Moi ici devant le grand miroir et le son qui explose tranquillement dans mes oreilles ouvertes. La salle de bains, c'est le champ qui s'installe devant mes yeux béants, calcaires, blanchissant lentement l'espace confiné dans lequel je suis.

J'ai dit à Mimou qu'il fallait se concentrer. Qu'il ne devait plus parler. Il a refusé de boire l'infusion mais s'est torché un splif entier.

On a enfilé les casques à son walkman, immobilisés sur le tapis rose de bain, des rues pavées en pensée et le son qui claque un peu plus fort encore. Mimou à califourchon/couilles/noires/encore/sur la cuisse musclée. Ses yeux fermés et l'effet fulgurant de l'herbe somptueuse coupée au Maroc, quelques semaines plus tôt. « Tu es prêt ? » Il l'est. Moi j'avale une nouvelle tasse d'herbes macérées, j'aime dire herbes macérées, j'aime dire infusion d'herbes macérées, j'aime voir le trait de soleil qui traverse en biais mes mains travailleuses. La branlette/introduction. « Tu dois bander Mimou. »

Il s'exécute. Et putain je regarde son gland marron dépassant de son poing et le tronc, ensuite propulsant le gland plus haut.

Toujours plus haut à m'en faire bander de curiosité.

La face teintée crépuscule. Apparaît. Pour nous deux. Mimou re-délire : « L'enclave. T'as dit l'enclave l'esclave. T'as dit je bave en vivant en toi mon grand Nègre aimé. T'as dit j'suis ton esclave. »

114

Les murs/sales/de/bain, la salle éclipsée par le grand bain d'une piscine municipale où nous zonons, allongés sur des serviettes imprimées violettes. Ridicules. Nos peaux sentent le chlore et les cheveux trempés.

Mimou avait insisté. « Tu dois mettre le chapeau de cow-boy à la JR pour aller à la piscine. Il faut. C'est ton premier stage de formation. » J'étais trop peu défoncé. C'était le matin. Mais j'y suis allé. On a plongé. On est ressortis de l'eau/chlore pour s'installer sur les serviettes et on a porté nos chapeaux de cow-boys et j'étais fier comme personne auparavant. J'étais parfait. Voilà. Un peu maigre de corps mais avec un grand nez de cow-boy, un chapeau de cow-boy et des grands pieds avec des orteils longs à peine poilus de cow-boy. Et le maître-nageur nous a dit de déguerpir. Je vacillais pas mal. Je lui ai lancé : « Mais JR ça veut dire Junior ! C'est un peu comme si JR, dans Dallas, c'était un petit gars tout con, qui fait chier tout le monde dans la cour de récréation. » Le mec me poussait vers les casiers pour que je récupère mes affaires. Je continuais mon laïus, je ne voyais pas où Mimou était passé, mais je continuais mon laïus. « Et pourquoi on n'aurait pas le droit d'avoir un look country à la piscine ? Parce que t'as des muscles et que tu veux faire le costaud devant ces petites salopes d'adolescentes qui tortillent du cul devant toi avant d'sauter à la baille. Et les vieilles aussi qu'essaient de virer la gélatine de leurs culs et de leurs cuisses à coup d'brasse ! Ah lalala ! » Son visage s'obscurcissait au fur et à mesure que nous avancions, que je hurlais, que je pesais de toute ma viande pour lui compliquer la vie. « Je ne sais pas ce que c'est ton prénom. Enfin moi je dis ça, je dis rien. Oula ! Il est COSTAUD l'Monsieur ! Il vire un vrai cow-boy de sa piscine de merde ! Ah le cow-boy ! » Les regards inquiets des baigneurs se posaient sur nous. Il est délicieux d'être totalement libre, sans complexe. Il est bon d'être vu comme un dingue. Je les saluais au passage en pinçant la visière de mon chapeau avec le pouce et l'index. « Moi si j'étais ton patron, j't'obligerais à mettre un badge avec ton prénom ! Tu vois un badge avec l'épingle à nourrice qu'on te plante dans la peau des pectoraux ! Ouha ! L'truc bien dégueu !

Ton corps bien foutu avé le filament de sang. » Ses doigts serraient mon biceps gauche de plus en plus fort à l'instant où mes pieds baignèrent dans l'eau froide de la pataugeoire… Son collègue se pointa. Un Black trapu d'une quarantaine d'années. « Il lui arrive quoi à ce connard ? » Ils étaient tellement féroces. J'enlevai mon bracelet en caoutchouc et ouvrit mon casier. Une odeur violente de chaussettes et de sueur nous sauta à la gueule. « Putain ce débile est un putain de gros dégueulasse. » J'entendais Mimou hurler et se débattre. Les autres lui cassaient la gueule parce qu'il refusait de sortir. « Fous-toi à poil. » Je murmurai « ok ». Mon cœur battait la chamade. J'enlevai mon slip de bain rapidement. Je me penchai en avant, toujours avec le chapeau sur la tête, et j'écartai mes fesses avec mes mains. « Allez les méchants ! Allez on encule ! » Plutôt qu'un coup de queue, je me pris un violent coup de pied qui me propulsa lamentablement contre le coin d'une porte de vestiaire.

Fin de ma première expérience de cow-boy en situation réelle. Nous sommes partis… Fatigués. Les visages cassés. « C'est pas un peu con de faire ça ? » Mimou était furieux : « C'que tu viens de dire, c'est complètement con. »

Mimou s'est pissé dessus. Pourquoi ? « J'ésui complét'ment féfoncé ». Un choc. Un clac violent de son arcade sur le carrelage à côté du tapis de bain rose. Oh je sais pas. « Eh merde Mimou, il va pas bien. » Le sang coule de son front. Il bave blanc/épais et

116

marmonne « j'suuuiiiiis trooop biien ». Elle arrive. « Il comate ? Putain viens ! On baise merde ! » Je fais « chut » et suis sa femme et le cul de sa femme. C'est le fantasme. Formule 1 horribles cris de coïts fantasmés. Ici, dans la zone industrielle, pas loin de Rouen.

Je soulève le corps lourd de Mimou et l'allonge à poil sur le lit dur. La serviette balaie le sang. Mimou, l'homme rouge d'un instant, évanoui blessé. Je me finis en pensant à sa femme.

« Ils habitent où tes grands-parents ? », me demande Mimou, en me secouant, dès le réveil.

Il y a une forme de pression infinie et mi-longue avec lui. « Bois ton infuse mon ami. Bois-là. » Il conduit et je titube assis, à la place du mort dans une Zaphira Sport payée cash avec l'argent restant de mon père croupissant. Je crois.

DANS LA TÊTE DE STAR

« Je ne supporte pas la pornographie littéraire. » C'est dans mon visage vu de Canal + que ça m'est jeté en plein, et j'en ris. Comme d'habitude. Nous avons choisi un Campanile. « Voilà, tu es presque prêt mon gars. Tu vas pouvoir devenir le dernier cow-boy français. Je t'offre le prêt-à-porter héroïque. » Je souris. Je suis heureux. J'avale une tasse et me vide sur place, là en caleçon. Sur mon lit. Mimou gueule et n'accepte pas que je me vide comme ça, partout et tout le temps. « Tu vas faire comme tous les plus grands mecs de l'Ouest, tu vas dresser des ordures qui te doivent tout. » Mou, je me lève et dégueule dur dans les chiottes, juste avant les chiottes. Mimou me dit que c'est dû à la qualité des herbes. J'ai envie de lui dire ce que je pense de lui. Nous avons des blessures partout. Des plaies. Des croûtes. J'ai les phalanges de la main gauche qui sont cassées, je crois. Mimou boite en marchant. Il a souvent une mimique de douleur lorsqu'il s'active. Nous sentons sans doute mauvais. Le dégueulis, la sueur, les peaux mortes, le cérumen, etc.

Je vois mon père. Je ne l'imagine pas totalement mort ramassé au sol dans son petit bain/terme de sang. Soit. Je sue en m'essuyant la bouche. Je la bouclerai parce que mon projet est :

« Sauve-moi de là ma Mimou ! »

Il dit que cancer veut dire mourir alors il est nécessaire d'en profiter. Je ne reconnais pas bien l'endroit où nous sommes. C'est la campagne. Non loin de chez « tes grands-parents. Tu es beau et sensuel. Et tu as baisé ma gonzesse, alors tu iras jusqu'au bout. » Ne sais pas si j'ai entendu ça ou autre chose. Sssssh. Aspiré par le temps. De retour sur les draps propres de mon lit. « Je ne supporte pas la pornographie littéraire. » Labro dit ça ce con. Il gagne tout.

Mimou dit : « Lui il gagne tout à voir la droite revenir. Bâtard ! » Il se branle devant l'écran et mime, avec un stylo, l'action d'écrire. Et j'écris ce qu'il fait maintenant. Ma pornographie littéraire à moi, bâtard.

On frappe à la porte. Et en effet. Le style devient lisse. Et laisse interrogatif.

La porte s'ouvre. Des lampes torches avec des jets de lumière très puissants, comme des courants d'air. C'est autre chose que d'aller aux putes. Putain les flics sont jeunes aux regards arrogants. Ils exultent en uniforme. Plaquent Mimou au sol et me sortent la tête de la cuvette des toilettes. « Ça va ? T'as quoi là ? » Ils parlent comme les racailles les flics. Coups dans les côtes. J'ai un goût de jambon dans la bouche. Je la boucle, avec le sang léger goût qui s'écoule curieusement le long de mon menton. Miettes épaisses et molles en-salivées par mes soins sur le tee-shirt. « Allez, on va y aller.» C'est moins bien que d'aller aux putes ou à la femme de Mimou ou ailleurs d'ailleurs. Je ne sais pas de quoi ils parlent ces cons-là. Certains sont cagoulés, d'autres non. Leurs lampes torches sont encore allumées même si les lampes de chevet éclairent suffisamment la chambre. Un grand flic en civil retourne le linge. Il porte des gants en latex. Il retourne la tambouille. Les sacs d'herbes. Les vêtements déchirés ou imbibés de crasse et de liquides stomacaux séchés. Il gueule. Je suis à genoux au pied du lit. Je les regarde faire avec les yeux pleins de larmes. Ils m'ont lié les mains dans le dos avec des menottes. Les menottes qui font un mal de chien. L'homme crie. « C'est ignoble ! C'est affreux ! » Il y a souvent des flics qui perdent pied comme ça. Ils ne supportent peut-être plus leur femme, leurs gosses, la vie qu'ils mènent. Alors ils s'énervent au boulot. Ils sont outrés par des cow-boys qui ont dégobillé partout. Qui ont laissé de leur sang dans toute la chambre. « On a rien fait », dis-je. Je ris un peu en disant ça. Car je sais qu'ils pensent que le monde leur appartient. Ils s'imaginent y jouer un rôle. Mais ils ne sont rien, sans les mecs comme nous, qui utilisons notre liberté à tout changer.

« L'herbe messieurs. Faut l'herbe messieurs. »

Ils me couvrent avec un peignoir. Je ne pensais pas que nous avions un si beau peignoir. Ce motel Campanile de la highway n° 6, je crois, était somptueux. Avec des biftecks remarquables. Du vin. Et un matelas super pour dormir. Il y a des flashes partout, comme les stars. On avait aussi le buffet à volonté. On pouvait reprendre du pâté de campagne comme on voulait. On avait le droit d'être comme des enfants avec leur maman. Maman elle sert tout et le gamin il mange, il boit, il pète et ça fait rire tout le monde.

Lorsqu'on lui tape sur la gueule à l'école, maman va voir l'instit pour trouver inadmissible qu'on fasse du mal à son petit. Puis elle va voir les parents de l'autre et tu ne t'occupes jamais de rien. Pas de femme de merde qui te quitte, pas de nécessité à gagner ta vie, pas d'obligation à respecter les horaires tout seul, pas de gosses à surveiller, à amuser… Rien, tu es bien au Campanile. Notre ultime motel pour cow-boys français. Mon ultime hôtel. L'hôtel-maman qui s'occupe de tout. De toi. De ta bouffe. De ton lit. De ton petit déjeuner surtout. Tu sais que tu es un cow-boy. Tu as compris que tu ne seras jamais qu'un parfait cow-boy solitaire, sans contraintes, avec ses vaches, à préparer ta tambouille sur les braises. La boîte de corned-beef, les haricots rouges. Ton flingue rutilant. Ta fierté de montrer ton flingue rutilant dans les saloons. Et Mimou. Oh Mimou ! Très grand, très fort. Intrépide. Infaillible. Ses grandes mains. La plante de ses pieds.

Mimou est menotté au sol et transporté quasiment évanoui par deux policiers très athlétiques. Et le flic jeune avec sa peau de bébé a fait une moue de dégoût parce que je sentais le vomi. Il a mis, sur ma tête, mon chapeau de cow-boy. Les flashes. Les photos de presse. Je le tiens. J'y suis. Je touche le but. Je suis un héros, un cow-boy… J'entends des hurlements de flics. Ils s'occupent de Mimou qui n'est pas dans mon champ de vision. Ça me fait peur. Ça ne peut pas me rassurer. C'est effrayant. Et jouis-sif. Mon direct/télé à moi, ma tv/reality… « JE SUIS LE DERNIER COW-BOY FRANÇAIS. » Et ils me paralysent dans un fourgon glacé.

3

L'ULTIME RODÉO

GRANDEMENT BESOIN DE REPOS

Le capitaine de police est plutôt gentil. Il a un regard doux et une voix reposante. Ma tête vacille en tous sens parce que, disons, je tombe. C'est la chute inexorable engendrée par le manque et la fin/shoot d'une surconsommation d'herbes macérées.

Il a mis des photos de son petit garçon sur le bureau, et un poster de berger allemand derrière son fauteuil. Le capitaine

Bertrand   est   un   type   grand,   maigre,   aux joues/jouissance/en/pleurs.

J'entends par là que je l'imagine pleurant, le visage orienté vers le plafond, à l'instant d'un orgasme/branlette/en/vagin, d'une femme, d'une maîtresse, d'une prostituée. Il me dit fou. Et je le sens amoureux des histoires sordides.

Son collègue est le capitaine Farfalet, un petit gros au regard méchant et au crâne luisant. Je ne sais pas. Je mélange tout. Leurs têtes, leurs corps se confondent encore parce que je suis toujours dans la brume de mon immense shoot bienfaiteur. Il aime le meurtre ce Farfalet. Il a choisi la police pour tuer légitimement.

Aux mains de la police, la force s'appelle droit, aux mains de l'individu, elle se nomme crime. Interprétation libre de ce morceau des Bérurier Noir. C'était lorsque j'étais seul au lycée, lissant le monde à coups de pensées idéales. « Et le monde sera comme ça !

Nous égorgerons tout le monde, et il ne restera plus que nous. Ce sera la paix. L'amitié. Et des parties de flippers ou de consoles de jeux à longueur de journée. »

Connerie. Ils sont sortis un instant seulement. Et j'ai chuté sur le côté droit. J'ai dû pencher fort, très fort, de tout mon poids avec la volonté secrète de me tuer en frappant le sol.

Farfalet m'a baffé juste après que ma tempe ait percuté le sol.

Malgré le sang, il n'a pas hésité. « Tu veux quoi là ? Tu veux te péter la gueule tout seul et nous faire porter le chapeau ? Tu m'dégoûtes ! »

L'effet pute de la retombée herbes macérées, ce sont les vertiges incessants qui contraignent à vomir toutes les cinq minutes. Bertrand est calme. Touche avec une compresse stérilisée la plaie sanglante. On dirait qu'il va me rouler une pelle tellement il y met de la sensualité. Il murmure : « La police... La belle police que l'on aime. Toi et moi. Nous y sommes fidèles. » Son souffle s'insinue dans l'orifice de mon oreille. Je rends encore. Ça pue. Un Noir/un/frère passe la serpillière derrière. Ya pas de bassine. Il me câline Bertrand.

Ses joues creuses, son haleine de tabac, de café et d'alcool mélangés. « Tu as quitté la police. Pourquoi ? » J'ai dû demander un avocat. Mais je ne sais plus. Parfois je parle. D'autres fois je pense que je parle.

-        Où est Mimou ! Nous devons finir d'être les derniers plus beaux et plus grands cow-boys français ! » La France. Je me dresse. Les mains ont été libérées. Alors je suis plaqué. Et coups de pieds dans les côtes.

-      Pourquoi t'as quitté la police hein ? Pour dev'nir cow-boy ? » Je réfléchis. Je parle comme si j'étais debout, dressé devant une falaise de 100 mètres de hauteur. Je vomis. Putain. Allongé/recroquevillé.

-      J'étais un cow-boy. Le bon. Le vrai. J'étais un cow-boy mal entraîné et malade… » Capitaine Bertrand sourit en me tendant une tasse bien brûlante d'herbes macérées. « Je ligoterai Mimou et l'amènerai à côté de toi. Et tu parleras. »

Le détail. Dans son haleine chaude et brûlante, il y a les herbes aussi. « Nous en prenons tous. Mais NOUS sommes les derniers cow-boys français. » Je pleure et supplie le Noir/nettoyeur du regard. Renard. Rusé. Am-puté le capitaine Farfalet. « Mimou l'aurait buté ce gros porc de flic à putes ! » Bertrand a un haut-le-cœur. « Merde il pue c'gars-là merde ! »

LES DOUTES, C'EST LA MÉMOIRE QUI REVIENT TROP VITE

Le capitaine Farfalet et ses grosses cuisses devant mes yeux. Et les pieds à la plante jaune de Mimou enfin, qui entre. En boitant. Le capitaine Bertrand ne sourit plus. Mimou est moins impérial. Je vois qu'il a des trous dans la peau de son visage. Des petits pansements. Et les cheveux collés, à certains endroits, par le sang qui a séché. Il porte un jean pourri et une chemise molle, jaunâtre. C'est un peu comme le Saddam avant, très martial et charismatique avec l'uniforme militaire, et le Saddam barbu, fatigué, usé, au regard hagard. Mimou est tel un empereur ou un dictateur déchu.

Le temps des rues désertes. Je me souviens un peu. Je crois que tout ça a duré plus longtemps que je ne l'ai cru. Beaucoup plus longtemps. Mimou voulait voir là-bas s'il y avait les Indiens ou des trucs comme ça. Des types, des bonnes femmes avec des gueules détruites par la maladie. Comme la lèpre ou le cancer de la peau.

Les rues étaient vides le matin. C'était dans la montagne en Auvergne et il faisait soleil/presque/chaud pour une heure si matinale.

On a vu parce que Mimou voulait voir. « Ce village est planqué sur les cartes. Tu vois, le gouvernement vire les Noirs pour mieux les faire tuer par d'autres gouvernements. Mais il ne peut pas virer ses citoyens blancs dégénérés. Alors il les range dans des villages isolés. »

C'est vrai. Le vent. Et les vagues silhouettes/visages derrière les rideaux. Des toux rauques, en sourdine, lâchées derrière les rideaux. Les murs. Les portes en bois. Il faisait soleil et nous marchions sur l'allée centrale/en/poussière et nous ne disions rien.

Le cow-boy français, c'est moi. Mais. Je ne savais pas que j'aurais vu ça. Mimou ne parlait plus. Et me tenait la main lorsqu'il croyait que quelqu'un sortait d'une des maisons du village.

Farfalet est vautré dans le gros fauteuil en cuir noir. Il a une grosse gueule de sale bâtard dégénéré de flic merdique. J'secoue mes mandibules pour signifier ma hargne. Ai l'air con. Soit. Mimou est là. Il dort à moitié. Se redresse soudain et se rendort. Il dit :

« Ferme ta grande gueule. » Je parle. Bertrand ne comprend pas. Il est perdu, les yeux dans le poster de berger allemand. Et ses mioches. Les flics, ça devrait pas avoir d'enfants. Meurtriers potentiels/j'le/dis.

En avançant je me suis mis à pleurer, parce que j'avais peur et que tout paraissait encore plus irréel qu'un shoot sordide au motel. Merde.

Le cow-boy liquéfié, fini, c'était moi. Doux morceau de The Game en tête. Pas commun pour un ancien gardien de viande bovine.

Rutile. Ça rutile les flingues. Putain j'aime ton gun gros pédé. Je pense. Je ne dis rien. Je retiens. Je mime une branlette à l'attention du capitaine Farfalet qui se cure les dents en matant mon dégueu-lis répandu sur mes cuisses et mon sol, mon rond de sol sous ma chaîne. Au-d'ssous d'moi.

Puis on a bifurqué vers une petite maison en pierres jeunes. (Les pierres jeunes, ce sont les pierres restaurées. C'est comme ça que je les appelle parce que je suis libre d'appeler tout ce qui existe au monde comme je le veux). Pas très belle cette maison. La maison a un son. On peut imaginer un son pour chaque maison. Un grondement pour la Maison Blanche. Un chant d'oiseaux pour la maison de Monet. Le cri du moteur d'un camion à ordures pour les hôtels particuliers du xvie arrondissement. Cette maison-là, c'était le bruit de planches en bois qui craquent sous les pieds.

Le toit était presque plat et les fleurs devant étaient en friches. Flanc. Je fuis. Ne fais pas ça. « C'est là je sens. On va te cowboyifier ! » Son rire casse-tête et on entre. Et je crie putain, je cri comme un dingue, j'me fous à g'noux, je suis presque nu, mais disons nu/d'l'esprit. Je suis bouleversé. Mais quand je tenais ce bébé difforme c'était la même. La vieille.

« C'est ça les Indiennes! » Mimou ment lorsqu'il sourit. Je me sens partir. Elle est suppliante, mais n'a aucune voix. En fait sa bouche c'est un trou de deux centimètres de circonférence, toute ridée. Et sans nez. Merde/ça ressemble à rien. C'était un monstre. Un œil seulement et tout blanc avec comme de la salive dedans. Et des oreilles qui n'étaient que des orifices. Elle.

Criait en silence. C'était dégueulasse. Elle portait la robe rose à fleurs bleues comme ma grand-mère. « Mais c'est ma grand-mère

Mimou ? » Il ne faisait rien. Restait debout raide. Droit me tendant le couteau. Mes mains tremblaient. J'avais les larmes qui coulaient le long de mes joues. J'essayais d'être Justine un instant pour ne pas être là. Mais je restais le cow-boy, seul face à sa responsabilité de cow-boy… Je pris le couteau sans trembler.

Farfalet : « Alors ? Accouche merde ! C'est quoi ce village ! Mais arrête merde ! T'es un gros shooté d'merde ! »

C'était là pourtant que Mimou m'avait demandé de passer à l'étape suivante pour devenir le seul vrai cow-boy français, avec l'chapeau et les meurtres qui vont avec. Je crois. Et j'ai poignardé cette freak d'octogénaire dans son corps/membrane/molle. Dans le sang, la sueur, sa pisse de vieille merde dégénérée. L'exaltation. La jouissance du cœur qui bat à tout rompre. Vanne. Nan ! J'achève.

Sortie/propulse dans la rue encore ensoleillée. Baigné de sang de freak ! L'œil torve de cette merde planquée au monde par le monde.

Le meurtre. Les larmes. « Mimou ? Je suis un vrai cow-boy.» Il s'est mis à me baffer. « Putain elle est pas morte la monstre ! Donne c'coup d'couteau connard. » Sa bouche/trou criait comme le son d'un criquet. La freak. Crevait par phase. J'ai ri. On est partis en fumant clope sur clope. Jusqu'au motel. J'avais mes belles santiags noires avé le simili crotale blanc sur le côté (je les avais prises chez un type chez qui on a bouffé de force).

La tasse est chaude. Le capitaine Bertrand est livide. Il m'a servi une tasse d'herbes macérées pour calmer mes convulsions pénibles. Il s'en fout du vomi et de mon corps qui s'érode. Il veut la vérité.

Farfalet se gratte les couilles et sort du bureau. « Si j'étais pas un flic, je le tuerais celui-là. » Le capitaine Bertrand collectionne les gommes. Ça, c'est sûr.

LE BANC DES G'NOUX QUI CRAQUENT, RE-CRAQUENT ENFIN

Je déplie la nuque. Mes muscles se tendent de nouveau. Je m'éveille comme cinq ans auparavant. Mon sexe dur tressaille dans mon moule/boules gigantesque et noir. L'influx en stéréo gicle immensément dans mon putain de corps desséché. Cycle. Le long lent. Une drum n'bass puissante déglingue l'espace étroit qui nous entoure. Nos sueurs. Nos attitudes de pédés béats, béants, baignés néant dans le mouvement vivifiant d'une soupe bass/batterie killeuse. Ssssh…

Farfalet pince sévèrement mon épaule en me relevant. La lampe braquée sur moi. Son braquemart merdant sous mon menton. « Il est plus là Bertrand… Tu vas voir grosse tafiole. » J'appelle ça le début/fin de ma garde à vue. La longue nuit perpétuant viol et mots vitriol en boucle sous les yeux/shoot de Mimou mou sur son siège inconfortable. L'en-mort. C'est l'en-lame moitant les doigts du lâche. Le radiateur marche à plein. Il est si chaud qu'on a l'impression de cuire son épiderme au seul contact de l'air. C'est idiot cette image. Ça me traverse souvent l'esprit cette image d'air qui brûle mes viandes. Farfalet a les mains moites. Il a la bouche pâteuse. J'ai l'impression qu'il parle lentement. Déformé comme dans les films d'horreur où l'on ralentit l'image pour faire plus peur encore… Ou dans les films de junkies. Je sais que ça existe ce genre de films qui encensent la consommation de drogue. Je ne sais pas. J'essaie de penser à plein de choses. Des trucs conceptuels. Des pensées. Des visions philosophiques, du cinéma, bien que je ne sois pas un spécialiste du genre. J'évite surtout de ressentir cette chaleur infecte émanant du radiateur, et la voix, la bouche, toutes ces choses qui appartiennent à Farfalet. J'essaie même de me dire que je suis déjà mort, que ce n'est qu'une épreuve de saint Pierre ou un de ces mecs de là-haut censés nous évaluer comme des profs de sport odieux avant l'ultime saut en enfer. Ou au paradis. Farfalet. Ses questions. « Tu as tué la vieille avec quelle arme ? Où se trouvait Mimou ? Est-ce qu'il était avec toi au moins ? Le pognon, vous l'avez trouvé où ? Pourquoi vous avez utilisé la carte bleue de la vieille puis le chéquier du vieux ? » Je ne crois pas comprendre un traître mot de ce que dit ce cinglé. Je ris aux éclats et en postillonnant en voyant un gros bouton dégueulasse qu'il arbore sous le menton. Un de ces boutons mal percés, dix à vingt minutes plus tôt et qui se transforme, imperceptiblement, en super nova faciale… Il me gifle. Bien évidemment. Mimou bredouille soudain : « Zest tous qu'il est capab d'faire c'con d'flic. » Farfalet retient une baffe. « Arrête de parler comme ça grand con. T'en fais trop là. Tu ne vois pas que ce connard n'a rien compris ?! Tu ne comprends pas qu'il faut l'faire avouer ? » Je ne perçois pas très bien le sens de cette déclaration. Mimou fait un clin d'œil à Farfalet et fait mine de s'évanouir à nouveau.

Le sol, c'est du parquet. Dehors, un vent de tempête souffle et fait trembler la fenêtre du bureau. Une cigarette est plantée entre mes lèvres. Enfin. J'aspire une bouffée à en dégueuler. Presque. L'image des mecs interrogés dans les vieux films de détectives. Avec la grosse lampe dans le visage. « Non j'dirai rien ! J'ai rien à avouer ! » Farfalet me tourne le dos. La lumière est pénombre. Il a la main gauche dans son pantalon noir à pinces. Il se travaille. Il est travaillé par moi aussi. Je remarque mon froc sale baissé sous les genoux. Défonce.

LES HERBES

Macérées. Les herbes macérées. Les couilles/poils drus dégoûtants luisants/gras entre ma langue et mon palais. Mon pet sonore ne le décontenance toujours pas. Les pincements entre dents ne l'arrêtent pas. Je mens un peu en suçant. Ne fixe pas le tronc/gros plan de peau et de veines qu'il enfourne en va-et-vient dans ma bouche béante.

Je sursaute. Bertrand, bête, me demande si sa gifle n'a pas été trop violente. Il fait jour. C'est rassurant. Les poutres qui craquellent en moi, moisissent. Quoi ?

L'horloge indique 8 h 23. Le matin ensoleillé entre en rampant à mes pieds-dégueulis. « J'peux avoir des herbes macér… ? Je suis

132

pas bien. » Mimou sursaute encore. J'ai l'impression qu'il a besoin d'une ambulance et tout. Non. Je suis pieds nus. Le temps. Je ne suis pas sûr d'avoir tué qui que ce soit.

Je l'ai dit à haute voix. Bertrand dit : « Il va falloir être plus précis maintenant. » Je réponds : « LE cow-boy... C'est moi... »

Mimou bave en ronflant.

MIMOU MON MÉTRO

Le dos rond et la salive épaisse. Mon épaule succombe, tombe là décrochée à la suite du coup.

Mimou/les yeux sombres hurle encore : « Allez défonce cette putain d'porte ! » Le couloir est mal éclairé comme dans les films de serial killers américains. La lueur jaunâtre du soleil puissant, pénétrant, donne à l'espace une apparence de flaque de pisse compacte, séchée. Je me reprends.

Je respire.

Je me reprends. Le temps. Ça ondule. La douleur court violemment dans mon bras et « violace »/Je sais mon épaule pénible.

« Défonce-la ! Allez Merde ! » J'en-folle ma volonté. J'arme mon courage et recule quelque peu. Suffisamment pour prendre mon élan.

La douleur « indolore » à présent. L'odeur de dégueulis sur moi.

La goutte de salive qui persiste à la pointe arrondie de mon menton. Crac ! Je tombe. La douleur rejaillit puissante dans l'épaule. Et la porte qui a à peine cédé. Le bruit du vieux bois qui craque/résiste encore et une vis qui heurte le plancher, à l'intérieur.

« Vite ! Merde ! On va s'faire repérer ! » Colère mais douleur. Je me relève et Mimou me paraît plus beau que jamais. Je serai à jamais son serviteur parce qu'il est beau et gigantesque. Parce que j'ai besoin de ça. Finalement.

Finalement, la porte cède et une sorte de courant d'air de décompression aspire mes cheveux de devant comme un aspirateur. J'ai des idées. Des idées vont vite à parcourir vivement mon esprit. Des idées d'enfant mélangées à celles d'un adulte. Que je fus. Merde. Encore à genoux, j'essouffle mon effort en m'écartant du passage où Mimou s'engouffre.

L'appartement. Le souvenir de cet endroit, autrefois lumineux, étincelant, rutile presque, car mémé ne cessait d'y faire le ménage. Mémé est devenue une freak. Elle a des rides très creuses qui bousillent son visage. Elle a des poils qui poussent sur le menton.

Ses yeux sont enfoncés et vitreux. Sa bouche est sèche, minuscule, ronde comme un trou du cul ouvert…

Ça pue. C'est affligeant. Mimou me foudroie du regard. « Merde, c'est quoi c'délire ?! » J'ai peur aussi.

Le souvenir. Farfalet fait le gentil et me tend un verre d'eau. Je lâche tout maintenant. Il est inutile de m'oppresser psychologiquement. J'entends encore et encore le son saccadé du clavier d'ordinateur sur lequel on tapote. Le flic qui tape le rapport est un stagiaire que j'ai bien connu. Il n'arrêtait pas de dire que les Noirs sentent mauvais.

Je me relève en tenant mon bras qui tombe de l'épaule. Jamais de ma vie je n'avais défoncé de porte. Jamais. Ça n'est pas drôle. On avait bien tenté de me demander de le faire. Avant. Quand j'étais un sale con de flic. Ils me demandaient. Ils disaient qu'il fallait le faire comme dans les séries télévisées. Après tout, ce métier de con, je l'ai fait pour ça. Pour ressembler à Hutch, le blond, avec ses vestes en cuir inoubliables et sa voix nasillarde/la doublure française. Passer les concours et être admis. Merde. Tout ça n'avait rien à voir finalement avec les trucs américains. Pas moyen d'être un vrai shérif, un cow-boy français à l'américaine, avec les flingues, les gens qui te respectent parce qu'ils ont peur de toi. Des fous. Tu entres dans le saloon avec les jambes arquées. Toutes ces gueules de chicanos interrompent leurs parties de poker et te regardent entrer avec inquiétude…

Bertrand chuchote encore dans l'oreille de Mimou… Comme dans l'oreille d'un cheval. Il va lui taper la croupe et lui mettre une selle sur le dos ! Ils ont l'air complices. Je secoue ma tête pour bien regarder. Les paupières tombent toutes seules, sans que j'aie besoin de…

DES PENSÉES D'ENFANT MÊLÉES À CELLES D'UN ADULTE

Je prends une cigarette que me propose le capitaine Bertrand. Je lui demande s'il a des enfants. Il me dit gentiment : « J'en ai deux. » Je regarde Mimou dans les yeux. Il est hagard et je trouve ça injuste ce qu'ils ont fait de lui. Je dis : « Tes gosses de merde je les bousillerai. » Bertrand me claque. Je meurs presque tellement c'est douloureux. Les gardes à vue sont faites pour humilier.

Rien d'autre. Même si on y met les manières, des touches de civilisation, ce n'est qu'un long moment où l'on place l'interrogé dans une posture de chien soumis… Quand nous arrêtions des petits merdeux, il me prenait de leur souhaiter les pires souffrances mentales lorsqu'ils seraient cloîtrés dans le commissariat. Les odeurs d'orifices humains qui se vident…

Dans l'appartement, la poussière s'accumule sur les meubles en chêne massif. Généralement. Des meubles achetés au fil des années par ce couple pas très riche mais très économe. Pépé était ouvrier dans une usine de métallurgie. Ces grandes usines qui ne font même pas rêver les scénaristes d'aujourd'hui. Les plafonds très hauts. Le métal. L'acier. L'odeur particulière des poussières. Les bruits, les échos. Les visites inopinées du directeur, les courbettes, les flatteries intéressées du chef. Les hommes qui râlent, qui cessent ensuite de râler… Pour râler ailleurs, plus loin, en Asie, en Afrique du Nord, en Amérique du Sud. Je m'accroche. Il faut penser à plus loin. À autre chose. C'est la seule façon de passer ce moment sans trop de souffrances.

Expulsion éjaculatoire du trop de peur. J'avale une tasse d'herbes macérées et j'écoute les deux flics chuchoter : « Il ne reste que sept heures de garde à vue, blahblahblah. » Je n'ai pas fini de devenir le plus grand, le plus beau et le plus incroyable cow-boy français.

C'est en entrant dans la chambre des vieux, tous volets fermés, qu'on réalise qu'ils sont secs, sur leur lit. Deux corps/cadavres/

osseux enlacés là sur le dessus-de-lit certes poussiéreux mais encore et toujours brodé de jaune et de bordeaux.

Ces cons se sont suicidés. « Et je le jure », dis-je en regardant

Farfalet en coin. Ma mémoire se joue-t-elle de moi ? Mon cerveau baigne dans les herbes macérées et Mimou tousse des jets de sang. C'est réel.

Je crois.

«   Laissez-moi embrasser Mimou sur sa bouche et il rejaillira de l'agonie comme dans La Belle au bois dormant. Le beau/putain au bois bandant ! » Et je ris aux éclats. Clac ! Une baffe précise de

Farfalet l'excédé sur ma joue.

«   Ils n'étaient pas morts quand vous êtes entrés ! C'est vous qui les avez tués ! »

Je ne sais pas. La pluie qui mouille les fenêtres. J'ai chaud dans le dos. « Faudrait me changer de siège. » Je vomis de nouveau.

L'AMOUR À BALLES RÉELLES

Fracture. J'ai eu. J'ai un doute. Mimou se réveille. Ça fait des heures que nous sommes là. Il ne parle pas. Je suis fou ou lucide ? Bertrand m'a refusé de nouvelles tasses d'herbes macérées. Alors je jaillis de l'en-moi et m'aperçois de l'en-tour. Et laisse ma mémoire s'activer, sortir et les montagnes de principes, de lois, de règles, que j'avais laissés à la porte de ma folie.

Le contrôle. La tendresse des douleurs revenues, les courbatures générées, je crois, par des semaines de shoots ininterrompus.

« Vous êtes le commissaire Bertrand ? » Il acquiesce avec un regard sceptique. Lourd. Farfalet. C'est Marc. Marc Farfalet, le flic, le boucher. Sa tête de méchant. Est comme subjugué par le son de ma voix. « T'étais pote avec l'collègue Julien hein ?! c'te grosse pédale dégueulasse ! La honte de la police ! Hein ? T'as voulu fricoter avec des mecs hein ? »

« Vous avez une autre voix. » Il y a ce Noir, là, le grand con de

Mimou que j'ai rencontré à Beauvais. Cette insupportable moins/que/rien merdique capable d'aliéner. « Ta lucidité, c'est une infection. Ton existence, c'est une infraction ! » Je gesticule. Trépigne sur ma chaise. Les couleurs sont assez vives alentour et le tout/objet qui constitue notre environnement urbain me saute à la gueule.

Une clope. C'est bon de fumer. Les douleurs. Et le dégueulis partout. C'est affreux et indigne.

On est essoufflés et impuissants devant le lit. Ces vieux sont durs comme du bois. Le couteau a ripé sur les os. C'était un peu comme essayer de planter une lame dans l'inox d'un évier. On les a traînés jusqu'au lit. Ils étaient lourds. On les a allongés et enlacés. Ça n'a pris que quelques secondes pour les tuer. « Faites comme si vous faisiez l'amour ! » Mimou gueulait. Pépé a cessé de respirer sous l'oreiller et son avant-bras musclé aux poils blancs/merde/faut/le/voir/ça/merde était posé sur le drap-housse, seul, comme amputé.

Mimou a tranché la gorge de la vieille proprement, pour l'achever. Je l'avais poignardée de toutes parts, mais je n'étais pas parvenu à la tuer. On tranche propre. « J'veux des herbes j'suis de moins en moins bien. J'veux des herbes mon ami cow-boy. J'veux des herbes mon ami/amour d'cow-boy.» Pour l'argent, ça mord les vieux. Ça mort.

Je fais plus que me rappeler. Je parle sans réfléchir. Toutes les images horribles sortent de moi… Ça me conduira en prison et pourtant, d'avouer me libère…

Ma tête se casse la gueule sur la droite. Je reprends le chemin du bon/shoot essentiel. Mimou insulte Marc Farfalet qui le gifle sec. Les posters. La peinture tâchée. Le bureau est comme une chambre de motel/du/Far/West/à/la/française. Nan. Le claquement. Une fenêtre et un rideau jauni. Le dessert de ma vie. La mort.

« Je veux lire le journal ». Reste deux heures de garde à vue et j'ai tout lâché je crois, de ce que je me souvienne. Et malgré les rechutes, je sais tout le mal que j'ai fait. Et l'incapacité de reprendre la main ensuite. Le jeune flic qui tape le procès-verbal est mal en point. Il n'a presque rien compris à mon récit, ma longue balade dans le far west. Il n'a pas pigé les meurtres. Il a dit que ça ne valait pas un clou devant un juge. « C'est à moi d'en juger ! », a gueulé Bertrand. Ce n'est pas de la culpabilité que je ressens. C'est de la fatigue. Notre course utile avec la vie fut vaine. Elle a gagné sur nous.

« Votre femme est dans le couloir.» Un agent blond/petit en uniforme me dit ça. Je croyais qu'on ne pouvait voir personne.

Technique d'interrogatoire de merde. Tout est irrégulier. Illégal. La fenêtre donne sur une cour, je suis sûr. Pan ! Comme un coup de feu et le cœur qui palpite. L'hésitation de l'amour. Le choix de l'amour. De pépé/mémé ou de Mimou. Mimou et ses trous de z'yeux rouges rouges rouges et la haine, l'ignominie. Mais aussi sa gentillesse. La plante de ses pieds fascinante… Sa belle bouche et sa femme.

Je sais, elle allaite le petit pendant qu'il essuie le sang sur sa chemise. « Merde ! Pourra pas reprendre cette tache merde ! » Mimou peste. Regarde sa femme. Et je suis par terre, sur le plancher comme une larve gluante. Je regarde à demi et je mise sur un shoot/immense pour m'évanouir. « On arrête ça Mimou ! J'ai rien fait à pépé/mémé et je n'ai pas touché ta femme. Merde. On arrête tout ça et on devient les bons cow-boys. » Ça sent vraiment fort le sang comme chez le boucher. Sauf que l'on sait que c'est humain. Que le sang s'est répandu partout. Et j'ai peur un peu. Alors je me raconte la belle histoire : « pépé/mémé est mort d'amour ». Et l'argent est là qui dégueule d'un coffre bêtement posé au-dessus du buffet de la cuisine. Sa femme allaite, son sein est gros et compressé par la tête du nourrisson. Ça me fascine. Moi par terre.

Le bébé tête/café qui aspire le liquide en bavant un peu. Il y a une grosse dose de folie en moi. On s'est pointés chez mes grands-parents, comme ça, comme des crevards. On les a « éviandés » pour leur sucrer leur fric. « Acheter un cheval ? », avais-je demandé à Mimou. « Non, un flic nous court après et il veut que je lui graisse la patte. On doit s'en sortir. Il ne faut plus délirer maintenant. Depuis le début, pauvre con, tu joues au taré. » Je n'y comprends strictement rien. Josy nous a rejoints pour assister au massacre de mes grands-parents, avec le bébé. Rien n'a l'air franchement réel. Rien n'est vraiment possible.

Bertrand dépose une tasse de café devant moi. « Souhaites-tu voir ta femme ? » Je ne savais plus qu'il y en avait une là-bas coincée dans la banlieue avec un bébé/moi tout blond mou/merde. Le bébé j'en veux pas. Alors je me sauve. Je crois.

Je leur dis d'attendre. Je leur dis de me détacher un peu pour me laisser respirer. Ils sont aussi fatigués que moi. Des rumeurs parviennent à mes oreilles. La lucidité ? Je serais l'ancien flic devenu dingue. Un duo de serial killers assoiffés de sang. C'est sensuel ça. On ne me sourira plus.

Dans les motels avec Mimou, parfois, entre deux évanouissements, je lui parlais de la vie d'avant. La femme. L'amour. L'enfant.

Et le dégoût de vivre là-dedans. Je dis tout ça à Bertrand que je regarde dans les genoux comme un papa. Le dégoût des conventions. Et puis enfin le chemin choisit. Le petit site Internet d'un certain Mimou : « Pourfendeur de réalité. Assistant de vie. Formateur. Devenez un véritable cow-boy français. » C'était jouissif. Marc m'avait donné cette adresse. C'était comme une longue inspiration suivie d'une expiration/crache/toxines. « T'es pas bien dans ta tête. » Je ne sais pas vraiment pourquoi on devient fou.

Farfalet avait attrapé mon épaule en sortant des sous-sols du commissariat, le Guantanamo. Il m'avait entraîné dans notre bureau et m'avait fixé d'un air grave : « Ces mecs en bas, c'est des tarés... Pour du fric, ils étaient prêts à tout. Ils ont tous "bossé" comme Fofana, ce taré qui prit en otage et tortura un jeune type, croyant pouvoir soutirer beaucoup de fric à ses parents sous prétexte qu'il était juif. Fofana le cynique, le moins que rien, le chef des moins que rien. Un viandard moderne des quartiers populos. Et nous, on n'aime pas ça. Moi, je veux pas que ça continue. Il faut pas les laisser faire ces racailles sans morale. La justice de France les condamne à vingt ans de prison. C'est du pain béni pour eux. Et nous, on veut pas d'ça. Nous, on veut qu'ils paient. On veut que ça se passe mal pour eux… On n'aime pas ceux qui sont pas des vrais Français. On n'est pas d'accord pour qu'ils restent là. On pense qu'ils vont détruire nos familles et notre civilisation. On pense que ce sont des bêtes… Eux et les pédés. » Il m'avait parlé de tout ça avec un tel aplomb. Gros doutes… Qui étions-nous vraiment ?

La mémoire surgit en moi. Traverse toutes mes pensées. Ma déconstruction est la conséquence directe de la sauvagerie planquée de notre monde occidental… obscur.

Marc le boucher est assis devant moi. Il m'observe. Il voit bien que je sors de mon shoot. « Mais on n'a pas le droit de faire ce qu'on fait. »

Il sourit.

« Votre femme est devant la porte. On la fait entrer ? » Ils m'o nt détaché pour ma dignité. Ils n'ont pas lavé. Cette histoire tourne en boucle dans ma tête. L'aliénation. Marc a parlé d'emmener

Mimou à Guantanamo. Pour l'essentiel, cela signifie qu'ils ne souhaitent pas le voir juger normalement. Ils veulent qu'il soit condamné à mort. C'est essentiel pour eux. Bertrand, avec son visage d'homme avenant, acquiesce.

Alors je vais vite. Je m'arrache de ma chaise et je pique le flingue sur l'agent qui vient de poser un message sur le bureau de Farfalet. Le voilà le cow-boy !

La consécration/la vie du dernier cow-boy français. Le rapport est osseux. L'os blanc et poreux. Le rapport est blanc.

Le rapport entre MOI le cow-boy avec l'arme en joug contre eux! Ces traîtres. Le rapport est plus net et mon regard est plus frais. Mon rapport n'est plus cadavérique. Lié au monde. Là avec Farfalet et les bouts des doigts qui tremblent. «LES MAINS EN L'AIR ! J'SUIS UN BON COW-BOY ENCULÉS ! J'SAIS TIRER !» Bertrand a déjà les mains en l'air et je vois, sur sa gueule, les traits du petit garçon qu'il a été. Le petit gars qui a peur d'avancer avec ses rollers sur le macadam, devant la maison. Et sa maman qui l'encourage en souriant. Le petit gars pas très drôle et bien mignon à qui l'on frotte les cheveux énergiquement. Le commissaire Bertrand et sa petite gueule d'homme bien élevé. Ses paumes sont larges et légèrement rougies. Elles ont dû courir sur la peau de sa femme. De ses femmes. De ses maîtresses.

Elles ont vagabondé, couru sur la peau lisse de ces femmes qui frissonnaient si facilement. C'est sans doute un délire. C'est le désir.

Bertrand a les lèvres bien dessinées et le corps canon.

Il tente maintenant d'avancer son cul contre le coin de son bureau, en direction du tiroir là. « Tu bouges pas fils de pute ! » Il y a le temps de l'action à l'extérieur. Dans la pièce. Et il y a le temps en moi. Le bon. Le temps des pensées sans cesse. J'entends mon bébé pleurer derrière la porte.

Si sa mère était une pute, sans doute serait-il, aujourd'hui, un flic de deuxième catégorie, une chiotte minable, un fonctionnaire en chef des injustes. Malsain. Je divague. Je tangue. Je ne parviens pas à rassembler mes pensées. J'ai conscience de ne plus savoir vraiment ce qu'est le bon du mauvais. Je sais seulement que je ne veux que le bien de tous…

La porte. Je crois. Oui la porte je l'ai fermée juste avant, au moment ou j'ai chopé le flingue. « C'est mon flingue regarde comme il brille c'est le flingue à papa ! Dans ta gueule gros West français/j'suis/pas fou. Fier. Bing ! Clac ! Le rapport en os du crâne percé par la balle de mon flingue. J'ai fait sauter la tête de Mimou mon maître parce qu'il ne servait plus à rien. Lui épargner la prison des tortures. Lui offrir une sortie honorable avant que l'obscur ne s'abatte définitivement sur l'Occident. Lui rendre sa dignité. Ils tremblent tous. « Marc ! Ah ! Marc, le fier destrier chopant des ivrognes, leur éclatant le crâne, lâchement dans des ruelles obscures ! Ah ! Farfalet ! Quel flic ! Sa prison souterraine ! Les gifles ! Son racisme, son homophobie ! Tu croyais défendre quel régime sombre crétin ? ! » Je me lance dans un monologue salvateur. Je me reconstruis soudain. Dans les mots qui sortent de ma bouche pâteuse. « Marc, le boucher ! Celui qui rit des juifs, des noirs, des arabes ! Ah ! Farfalet qui déteste les islamistes, qui les torture ! Hein ? ! Enculé ! Et ses supérieurs qui le couvrent. Qui participent à ça ! Et moi ! Ma pute de femme dans l'couloir, qui a sucé certains de mes collègues ! Qui s'est barrée ! Qui m'a laissé fou sur le carreau ! La vie folle ! Un non-sens absolu!»

L'argent allez ! ». Ils ne bougent pas. Ne rient pas. Ils ne m'interrogent pas. Ne me questionnent plus, ne m'accusent plus. Ils vont faire pipi dans leurs pantalons. Bing ! Crac ! C'est la tête de Farfalet qui y passe. Et les sirènes partout autour et le confort de ce bureau avec les dépouilles vulgaires de Farfalet/quel/nom/con et de Mimou mort la tête percée renversée sur le côté. Je regarde ses menottes. Elles ont découpé un peu ses poignets.

Avant de partir Bertrand, on va se faire un petit digestif d'adieu. T'as une bouteille de Mirabelle dans ton tiroir. Un truc fait par ta grand-mère sale con, j'suis sûr.» Stupéfait, il s'exécute. Peu à peu, mon esprit sort de ce grand trou dans lequel il était tombé. La vie, c'est ainsi. C'est assez lourd et inutile à porter, et puis, au moment décisif, ça devient sympa. Jouissif.

Retire tes chaussures. Je veux voir la plante de tes pieds.

J'adore ça. Ah ! Ah ! Et sers la mirabelle de ta grand-mère. Putain l'alcool. Ah ouais l'alcool, ça fait aimer la mort hein ? » J'ai été trahi par l'existence. Chacun y est finalement allé de ses injustices.

Chacun a cru bon de n'en faire qu'à sa tête.

On frappe à la porte. C'est une voix murmure : « Mon chéri je t'en prie… Laisse tomber ». Je tire à travers le bois de la porte. Ça s'écroule. Bruits sourds. Quel cow-boy ! Bertrand et moi trinquons.

Just try to stay positive , The Streets encore dans ma tête d'homme libre et écœuré.

Bertrand ne sourit pas vraiment mais je le vois comme un homme bien. « Tu es le meilleur bovin de mon ranch. Si je n'avais pas besoin de toute cette viande qui gesticule dans ton corps, je t'épargnerais et te mettrais en pension dans un ranch pour vieux bovins gentils avec un beau museau et une plante de pied extraordinaire. » Il ne dit rien mais il boit. J'aime le poids du flingue dans la paume de ma main. La crosse est ferme. C'est le paradis. Le paradis des hommes occidentaux, c'est un flingue très lourd dans la paume d'une main ferme.

En sortant du bureau, Marc m'avait indiqué qu'il était sur une enquête « officieuse ». « Y a un type qui s'appelle Octave Matesson, qui se fait appeler Mimou. C'est un de ces types – si je peux appeler ça comme ça – qui menace de détruire notre monde. Si ça t'intéresse d'enquêter sur lui, pour notre groupe d'Action Civile Autonome, c'est ok. Ouais, mon pote, ça t'embête pas si je t'appelle " mon pote "… Ouais c'est " ok " pour nous aider à bousiller toute cette merde… T'inquiète pas, on est bien couvert. »

Un hélicoptère tourne au-dessus du commissariat, et des hommes courent vite dans les couloirs. Les bœufs que sont les flics veulent la peau du dernier cow-boy français. Le capitaine Bertrand a un petit trou dans le front, et une auréole d'os et de bidoche derrière la tête. Il gît par terre.

J'enfile le canon de mon flingue dans ma bouche.

CUL SEC ma vie !

Cow-boy [pl. cow-boys] (mot angl.). Gardien de troupeau de bovins, dans un ranch américain.

Ranch [pl. ranchs ou ranches] (mot anglo-amér., de l'esp. rancho). Grande ferme d'élevage extensif de la prairie américaine.

Who Got The Funk ? The Streets – Original pirate material – Pure Groove – 2002.

Bibliographie exhaustive de l'auteur :

- *Seconde chance*, Nouvelle, Les éditions la matière noire, collection « The dark matters », 2013
- *Les Derniers Cow-Boys français*, roman, Paris, Éditions Pimientos, collection « Pylône », 2008
- *Un noir désir, Bertrand Cantat*, biographie critique, Paris, Éditions Scali, 2008
- Réédition : *Noir Désir, le vent les portera*, biographie critique, Paris, Éditions Pimientos, collection « Pylône », 2009
- *La Mort dans Marcelle, ma mère*, nouvelle, in Id. et al., Le Livre noir de ta mère, Montréal, Éditions de Ta Mère, 2009
- *Manu Chao, le clandestino*, biographie critique, Paris, Éditions Pimientos, collection « Pylône », 2009
- *Manu Chao, der clandestino*, biographie critique, traduite en allemand, Éditions Hannibal, 2010
- *Freak Wave n°2*, revue subversive et misanthrope, collectif, Éditions du Zarpataedo, 2011
- *25 minitrips en wagon-lit décapotable*, livre collectif de 25 nouvelles, Bruxelles, Éditions Renaissance du Livre, collection « Grand Miroir », 2011
- *Freak Wave n°3*, revue subversive et misanthrope, collectif (avec Jean-Louis Costes, Anne van der Linden, Vincent Ravalec, Christophe Siébert, Jérôme-David Suzat-Plessy, etc.), Éditions Bruit Blanc, 2012
- *Freak Wave n°4*, revue subversive et misanthrope, collectif (avec Jean-Louis Costes, Anne van der Linden, Vincent Ravalec, Jérôme-David Suzat-Plessy, etc.), Éditions Bruit Blanc, 2013
- *Freak Wave n°5*, revue subversive et misanthrope, collectif
- *Du Chômage*, récit-fiction, Collection « Les sur-intégrales d'Andy Vérol », Éditions L'Ivre-Book, décembre 2013

- Chronique de la mort au bout, Roman, éditions fictives Burn-Out, 2015
- Robert de Niro n'est plus un héros, pseudobiographie, éditions fictives Burn-Out, 2017
- Manifeste de l'Acharniste, pamphlet politico-onirique, éditions fictives Burn-Out, 2017
- L'inconnu qui pissait dans l'ascenseur, chroniques fictions, éditions fictives Burn-Out, 2017

Site de l'auteur :

https://leonel-houssam.blogspot.com

Photo de couverture :

© Dysto-Photographie

ISBN : 978-2322131259

Edition originale : Editions Pimientos - 2008